MACÁRIO E NOITE NA TAVERNA

ÁLVARES DE AZEVEDO

CLÁSSICOS SARAIVA

Projeto Gráfico ganhador do
"AIGA 50 Books/50 Covers – 2008",
Prêmio Internacional do American Institute
of Graphic Arts (AIGA)

1ª edição
Conforme a nova ortografia

MACÁRIO E NOITE NA TAVERNA

ÁLVARES DE AZEVEDO

CLÁSSICOS SARAIVA

Editora Saraiva

CLÁSSICOS SARAIVA

Gerente editorial
Rogério Gastaldo

Editora-assistente
Solange Mingorance

Coordenação editorial e de produção
Edições Jogo de Amarelinha

Projeto gráfico, edição de arte e diagramação
Casa Rex

Ilustração da capa
Carvall

Cotejo de originais
Carla Mello Moreira, Claudia Maietta

Revisão
Carla Mello Moreira, Ana Luiza Couto, Luciana Baraldi, Olga Sérvulo

Elaboração *Diários de um Clássico*, *Contextualização Histórica* e *Suplemento de Atividades*
Rodrigo Petronio

Elaboração *Entrevista Imaginária* e *Projeto Leitura e Didatização*
Vicente Luís de Castro Pereira

Impressão e acabamento
Renovagraf

Dados Internacionais de Catalogação na Publicação (CIP)
(Câmara Brasileira do Livro, SP, Brasil)

Azevedo, Álvares de
Macário e Noite na taverna / Álvares de Azevedo. —
São Paulo : Saraiva, 2010. — (Clássicos Saraiva)

Suplementado por caderno de atividades
Suplementado por roteiro do professor

ISBN 978-85-02-09486-4

1. Romance brasileiro I. Título. II.Título: Noite na taverna. III Série.

10-0293 CDD-869.93

Índice para catálogo sistemático:
1. Romance : Literatura brasileira 869.93

6ª tiragem, 2018

SARAIVA Educação S.A.
Avenida das Nações Unidas, 7221 – Pinheiros
CEP 05425-902 – São Paulo – SP – Tel.: (0xx11) 4003-3061
www.editorasaraiva.com.br
atendimento@aticascipione.com.br

Visite o *site* dos Clássicos Saraiva:
www.editorasaraiva.com.br/classicossaraiva

CL: 810137
CAE: 571388

Caro leitor,

Durante todo o ensino fundamental, o estudante terá percorrido oito ou nove anos de leitura de textos variados. Ao chegar ao ensino médio, ele passa a ter contato com o estudo sistematizado de Literatura Brasileira. Nesse sentido, aprende a situar autores e obras na linha do tempo, a identificar a estética literária a que pertencem etc. Mas não passa, necessariamente, a ler mais.

É tempo de repensar esse caminho. É hora de propor novos rumos à leitura e à forma como se lê. Os **CLÁSSICOS SARAIVA** *pretendem oferecer ao estudante e ao professor uma gama de opções de leitura que proporcione um modo de organizar o trabalho de formação de leitores competentes, de consolidação de hábitos de leitura, e também de preparação para o vestibular e para a vida adulta. Apresentando obras clássicas da literatura brasileira, portuguesa e universal, oferecemos a possibilidade de estabelecer um diálogo entre autores, entre obras, entre estilos, entre tempos diferentes.*

Afinal, por que não promover diálogos internos na literatura e também com outras artes e linguagens? Veja o que nos diz o professor William Cereja: "A literatura é um fenômeno artístico e cultural vivo, dinâmico, complexo, que não caminha de forma linear e isolada. Os diálogos que ocorrem em seu interior transcendem fronteiras geográficas e linguísticas. Ora, se o percurso da própria literatura está cheio de rupturas, retomadas e saltos, por que o professor, prendendo-se à rigidez da cronologia histórica, deveria engessá-la?".

Esperamos oferecer ao jovem leitor e ao público em geral um panorama de obras de leitura fundamental para a formação de um cidadão consciente e bem-preparado para o mundo do século XXI. Para tanto, além da seleção de textos de grande valor da literatura brasileira, portuguesa e universal, os **CLÁSSICOS SARAIVA** *apresentam, ao final de cada livro, os* DIÁRIOS DE UM CLÁSSICO *– um panorama do autor, de sua obra, de sua linguagem e estilo, do mundo em que viveu e muito mais. Além disso, oferecemos um painel de textos para a* CONTEXTUALIZAÇÃO HISTÓRICA *– contextos históricos, sociais e culturais relacionados ao período literário em que a obra floresceu. Por fim, oferecemos uma* ENTREVISTA IMAGINÁRIA *com o Autor – uma conversa fictícia com o escritor em algum momento-chave de sua vida.*

Desejamos que você, caríssimo leitor, desfrute o prazer da leitura. Faça uma boa viagem!

SUMÁRIO

MACÁRIO

PUFF[1]

Criei para mim algumas ideias teóricas sobre o drama. Algum dia, se houver tempo e vagar, talvez as escreva e dê a lume.

O meu protótipo seria alguma coisa entre o teatro inglês, o teatro espanhol e o teatro grego – a força das paixões ardentes de Shakespeare, de Marlowe[2] e Otway[3], a imaginação de Calderón de la Barca[4] e Lope de Vega[5], e a simplicidade de Ésquilo[6] e Eurípides[7]– alguma coisa como Goethe sonhou, e cujos elementos eu iria estudar numa parte dos dramas dele – em Goetz de Berlichingen, Clavijo, Egmont, no episódio da Margarida de Faust – e a outra na simplicidade ática de sua Ifigênia. Estudá-lo-ia talvez em Schiller[8] nos dois dramas do Wallenstein, nos *Salteadores*, no *D. Carlos*: estudá-lo-ia ainda na Noiva de Messina com seus coros, com sua tendência à regularidade.

É um tipo talvez novo, que não se parece com o misticismo do teatro de Werner[9], ou as tragédias teogônicas de Oehlenschläger[10] e ainda menos com o de Kotzebüe[11] ou o de Victor Hugo[12] e Dumas[13].

---

[1] Puff: nome inspirado em Puff de Barson, personagem de *Henrique V*, ato I, cena III, de Shakespeare.

[2] Christopher Marlowe (1564-93): poeta e dramaturgo inglês, contemporâneo de Shakespeare e autor de *Doutor Fausto*.

[3] Thomas Otway (1652-85): dramaturgo inglês.

[4] Pedro Calderón de la Barca (1600-81): escritor e dramaturgo espanhol.

[5] Félix Lope de Vega (1562-1635): poeta e dramaturgo, conhecido como criador do teatro espanhol do século XVII.

[6] Ésquilo (525-456 a.C.): considerado o criador da tragédia grega. Entre as suas peças está *Prometeu acorrentado*.

[7] Eurípides (485-406 a.C.): um dos principais poetas trágicos de seu tempo, autor de *Medeia*.

[8] Johann C. Friederich von Schiller (1759-1805): dramaturgo, poeta e historiador alemão.

[9] Zacharias Werner (1768-1823): poeta dramático do romantismo alemão.

[10] Adam Gottlob Oehlenschläger (1778-1850): poeta dinamarquês.

[11] August von Kotzebüe (1761-1819): dramaturgo alemão.

[12] Victor Hugo (1802-85): um dos principais nomes do romantismo francês, autor de obras líricas, romances históricos e dramas.

[13] Alexandre Dumas, pai (1802-70): escritor e dramaturgo francês, autor de *Os três mosqueteiros* e *O conde de Monte Cristo*, tido como um dos representantes do melodrama francês. Seu filho, também Alexandre Dumas (1824-95), escritor e dramaturgo, é autor de *A dama das camélias*.

Não se pareceria com o de Ducis[14], nem com aquela tradução bastarda, verdadeira castração do *Otelo* de Shakespeare, feita pelo poeta sublime do Chatterton, o conde Vigny[15]. – Quando não se tem alma adejante para emparelhar com o gênio vagabundo do autor de *Hamlet*, haja ao menos modéstia bastante para não querer emendá-la. Por isso o *Otelo* de Vigny é morto. É uma obra de talento, mas devia ser um rasgo de gênio.

Emendá-lo? pobres pigmeus que querem limar as monstruosidades do Colosso[16]! Raça de Liliput[17] que queria aperfeiçoar os membros do gigante – disforme para eles – de Gulliver!

E digam-me: que é o disforme? há aí um anão ou um gigante? Não é assim que eu o entendo. Haveria enredo, mas não a complicação exagerada da comédia espanhola. Haveria paixões, porque o peito da tragédia deve bater, deve sentir-se ardente – mas não requintaria o horrível, e não faria um drama daqueles que parecem feitos para reanimar corações-cadáveres, como a pilha galvânica as fibras nervosas do morto!

Não: o que eu penso é diverso. É uma grande ideia que talvez nunca realize. É difícil encerrar a torrente de fogo dos anjos decaídos de Milton ou o pântano de sangue e lágrimas do Alighieri dentro do pentâmetro de mármore da tragédia antiga. Contam que a primeira ideia de Milton foi fazer do *Paraíso perdido* uma tragédia, um mistério... não sei o quê... Não o pôde: o assunto transbordava, crescia, a torrente se tornava num oceano. É difícil marcar o lugar onde para o homem e começa o animal, onde cessa a alma e começa o instinto, onde a paixão se torna ferocidade. É difícil marcar onde deve parar o galope do sangue nas artérias, e a violência da dor no crânio. Contudo, deve haver – e o há – um limite às expansões do ator, para que não haja exageração, nem degenere num papel de fera o papel de homem. O *Pobre idiota* tem esse defeito entre mil outros. A cena do subterrâneo é interessante, mas é de um interesse semelhante àquele que excitava o *Jocko* ou *o homem das matas*[18] – aquele macaco representado por Marcetti[19] que fazia chorar a plateia.

[14] Jean François Ducis (1733-1816): poeta e autor trágico francês.

[15] Alfred de Vigny (1797-1863): escritor romântico francês.

[16] Colosso: a estátua de Apolo, em bronze, com trinta metros de altura, localizava-se na entrada do porto da ilha grega de Rodes e foi esculpida em 282 a.C. O terremoto de 226 a.C. provocou a sua submersão.

[17] Liliput: país imaginário criado por Jonathan Swift (1667-1745). em *Viagens de Gulliver*.

[18] *Jocko ou o homem das matas*: provável referência ao melodrama de Gabriel e Rochefort, *Jocko ou le singe du Brésil*, cerca de 1826.

[19] Marcetti: célebre ator dramático.

O *Pobre idiota* representa o idiotismo do homem caído na animalidade. O ator fez o papel que devia – não exagerou –, representou a fera na sua fúria, uma fera, onde por um enxerto caprichoso do imitador de Hauser[20] havia um amor poético por uma flor e uma estampa!

A vida e só a vida! mas a vida tumultuosa, férvida, anelante, às vezes sanguenta – eis o drama. Se eu escrevesse, se minha pena se desvairasse na paixão, eu a deixaria correr assim. Iago enganaria o Mouro, trairia Cássio, perderia Desdêmona e desfrutaria a bolsa de Rodrigo. Cássio seria apunhalado na cena. *Otelo* sufocaria sua veneziana com o travesseiro, escondê-la-ia com o cortinado quando entrasse Emília: chamaria sua esposa – a *whore*[21]– e gabar-se-ia de seu feito. O *honest, most honest*[22] Iago viria ver a sua vítima, Emília soluçando a mostraria ao demônio; o Africano delirante, doido de amor, doido de a ter morto, morreria beijando os lábios pálidos da veneziana. Hamlet no cemitério conversaria com os coveiros, ergueria do chão a caveira de Yorick, o truão; Ofélia coroada de flores cantaria insana as balatas obscenas do povo; Laertes apertaria nos braços o cadáver da pobre louca. Orlando no *What you will*[23] penduraria suas rimas de Rosalinda[24] nos arvoredos dos Cevennes. Isto seria tudo assim.

Se eu imaginasse o *Otelo*, seria com todo o seu esgar, seu desvario selvagem, com aquela forma irregular que revela a paixão do sangue. É que as nódoas de sangue quando caem no chão não têm forma geométrica. As agonias da paixão, do desespero e do ciúme ardente quando coam num sangue tropical não se derretem em alexandrinos, não se modulam nas falas banais dessa poesia de convenção que se chama – conveniências dramáticas.

Mas se eu imaginasse primeiro a minha ideia, se a não escrevesse como um sonâmbulo, ou como falava a Pitonisa convulsa agitando-se na trípode, se pudesse, antes de fazer meu quadro, traçar as linhas no painel, fá-lo-ia regular como um templo grego ou como a *Atália* arquétipa de Racine.

São duas palavras estas, mas estas duas palavras têm um fim: é declarar que o meu tipo, a minha teoria, a minha utopia dramática, não é esse drama que aí vai. Esse é apenas como tudo que até hoje tenho esboçado, como um romance que escrevi numa noite de insônia – como um poema que cismei numa semana de

---

[20] Kaspar Hauser: figura de origem desconhecida, encontrada aos 16 anos em uma praça pública de Nurenberg, 1828. Não sabia falar, andava cambaleando e comportava-se como criança. Em 1974, o diretor alemão Werner Herzog realizou o filme *O enigma de Kaspar Hauser*, obra de grande repercussão cinematográfica.

[21] Em inglês. Tradução: "prostituta".

[22] Em inglês. Tradução: "honesto, o mais honesto".

[23] Em inglês. Tradução: "o que você faria".

[24] Rosalinda e Orlando: protagonistas da comédia de Shakespeare *Como gostais*.

febre – uma aberração dos princípios da ciência, uma exceção às minhas regras mais íntimas e sistemáticas. Esse drama é apenas uma inspiração confusa – rápida – que realizei à pressa como um pintor febril e trêmulo.

Vago como uma aspiração espontânea, incerto como um sonho; como isso o dou, tenham-no por isso.

Quanto ao nome, chamem-no drama, comédia, dialogismo: – não importa. Não o fiz para o teatro: é um filho pálido dessas fantasias que se apoderam do crânio e inspiram a *Tempestade* a Shakespeare, *Beppo* e o IX Canto de *D. Juan* a Byron; que fazem escrever *Annunziata* e *O Conto de Antônia* a quem é Hoffmann[25] ou *Fantasio* ao poeta de *Namouna*[26].

[25] E. T. A. Hoffmann (1776-1822): escritor, compositor, desenhista e jurista alemão, Hoffmann tornou-se célebre por seus contos de cunho sinistro, de humor negro.

[26] *Fantasio* e *Namouna*: respectivamente comédia e poema de cunho fantástico e irônico, do poeta romântico francês Alfred de Musset (1810-57).

PRIMEIRO EPISÓDIO
NUMA ESTALAGEM DA ESTRADA

MACÁRIO[27] *(Falando para fora.)*

Olá, mulher da venda! Ponham-me na sala uma garrafa de vinho, façam-me a cama e mandem-me ceia: palavra de honra que estou com fome! Deem alguma ponta de charuto ao burro que está suado como um frade bêbado! Sobretudo não esqueçam o vinho!

UMA VOZ

Há aguardente unicamente, mas boa.

MACÁRIO

Aguardente! Pensas que sou algum jornaleiro?... Andar seis léguas e sentir-se com a goela seca. Ó mulher maldita! aposto que também não tens água?

A MULHER

E pura, senhor! Corre ali embaixo uma fonte que é limpa como o vidro e fria como uma noite de geada. (*Sai.*)

MACÁRIO

Eis aí o resultado das viagens. Um burro frouxo, uma garrafa vazia. (*Tira uma garrafa do bolso.*) Conhaque! És um belo companheiro de viagem. És silencioso como um vigário em caminho, mas no silêncio que inspiras, como nas noites de luar, ergue-se às vezes um canto misterioso que enleva! Conhaque! Não te ama quem não te entende! não te amam essas bocas feminis acostumadas ao mel enjoado da vida, que não anseiam prazeres desconhecidos, sensações mais fortes! E eis-te aí vazia, minha garrafa! vazia como mulher bela que morreu! Hei de fazer-te uma nênia[26].

E não ter nem um gole de vinho! Quando não há o amor, há o vinho; quando não há o vinho, há o fumo; e quando não há amor, nem vinho, nem fumo, há o *spleen*[27]. O *spleen* encarnado na sua forma mais lúgubre naquela velha taverneira repassada de aguardente que tresanda!

---

[27] Macário: nome provavelmente baseado no personagem Robert Macaire, popularizado pelo melodrama *L'Auberge des Adrets*. de Benjamin Antier, Saint-Amand e Paulyanthe.

[28] Nênia: lamentação fúnebre.

[29] Em inglês. Tradução: "baço".

(Entra a mulher com uma bandeja.)

A MULHER

Eis aqui a ceia.

MACÁRIO

Ceia! que diabo de comida verde é essa? Será algum feixe de capim? Leva para o burro.

A MULHER

São couves.

MACÁRIO

Leva para o burro.

A MULHER

É fritado em toicinho

MACÁRIO

Leva para o burro com todos os diabos!

(Atira-lhe o prato na cabeça. A mulher sai. Macário come.)

UM DESCONHECIDO *(Entrando.)*

Boa noite, companheiro.

MACÁRIO *(Comendo.)*

Boa noite.

O DESCONHECIDO

Tendes um apetite!...

MACÁRIO

Entendo-vos. Quereis comer? sentai-vos. Quereis conversar? esperai um pouco.

O DESCONHECIDO

Esperarei. *(Senta-se.)*

MACÁRIO *(Comendo.)*

Parece-me que não é a primeira vez que vos encontro. Quando a noite caía, ao subir da garganta da serra...

O DESCONHECIDO

Um vulto com um ponche vermelho e preto roçou a bota por vossa perna...

MACÁRIO

Tal e qual... por sinal que era fria como o focinho de um cão.

O DESCONHECIDO

Era eu.

MACÁRIO

Há um lugar em que se estende um vale cheio de grama. À direita corre uma torrente que corta a estrada pela frente... Há uma ladeira mal calçada que se perde pelo mato...

O DESCONHECIDO

Aí encontrei-vos outra vez... A propósito, não bebeis?

MACÁRIO

Pois não sabeis? Essa maldita mulher só tem aguardente; e eu que sou capaz de amar a mulher do povo como a filha da aristocracia, não posso beber o vinho do sertanejo...

O DESCONHECIDO *(Tira uma garrafa do bolso e derrama vinho no copo de Macário.)*

Ah!

MACÁRIO

Vinho! *(Bebe.)* À fé que é vinho de Madeira! À vossa saúde, cavalheiro!

O DESCONHECIDO

À vossa. *(Tocam os copos.)*

MACÁRIO

Tendes as mãos tão frias!

O DESCONHECIDO

É da chuva. *(Sacode o ponche.)* Vede: estou molhado até os ossos!

MACÁRIO

Agora acabei: conversemos...

O DESCONHECIDO

Vistes-me duas vezes. Eu vos vi ainda outra vez. Era na serra, no alto da serra. A tarde caía, os vapores azulados do horizonte se escureciam. Um vento frio sacudia as folhas da montanha e vós contempláveis a tarde que caía. Além, nesse horizonte, o mar como uma linha azul orlada de escuma e de areia... e no vale, como bando de gaivotas brancas sentadas num paul, a cidade que algumas horas antes tínheis deixado. Daí vossos olhares se recolhiam aos arvoredos que vos rodeavam, ao precipício cheio das flores azuladas e vermelhas das trepadeiras, às torrentes que mugiam no fundo do abismo, e defronte víeis aquela cachoeira imensa que espedaça suas águas amareladas, numa chuva de escuma, nos rochedos negros do seu leito. E olháveis tudo isso com um ar perfeitamente romântico. Sois poeta?

MACÁRIO

Enganai-vos. Minha mula estava cansada. Sentei-me ali para descansá-la. Esperei que o fresco da neblina a reforçasse. Nesse tempo divertia-me em atirar pedras no despenhadeiro e contar os saltos que davam.

O DESCONHECIDO

É um divertimento agradável.

MACÁRIO

Nem mais nem menos que cuspir num poço, matar moscas, ou olhar para a fumaça de um cachimbo... A minha mala... *(Chega à janela.)* Ó mulher da casa! olá! ó de casa!

UMA VOZ *(De fora.)*

Senhor!

MACÁRIO

Desate a mala de meu burro e traga-ma aqui...

A VOZ

O burro?

MACÁRIO

A mala, burro!

A VOZ

A mala com o burro?

MACÁRIO

Amarra a mala nas tuas costas e amarra o burro na cerca.

A VOZ

O senhor é o moço que chegou primeiro?

MACÁRIO

Sim. Mas vai ver o burro.

A VOZ

Um moço que parece estudante?

MACÁRIO

Sim. Mas anda com a mala.

A VOZ

Mas como hei-de ir buscar a mala? Quer que vá a pé?

MACÁRIO

Esse diabo é doido! Vai a pé, ou monta numa vassoura como tua mãe!

A VOZ

Descanse, moço. O burro há-de aparecer. Quando madrugar iremos procurar.

OUTRA VOZ

Havia de ir pelo caminho do Nhô Quito. Eu conheço o burro...

MACÁRIO

E minha mala?

A VOZ

Não vê? Está chovendo a potes!...

MACÁRIO *(Fecha a janela.)*

Malditos! *(Atira com uma cadeira no chão.)*

O DESCONHECIDO

Que tendes, companheiro?

MACÁRIO

Não vedes? O burro fugiu...

O DESCONHECIDO

Não será quebrando cadeiras que o chamareis...

MACÁRIO

Porém a raiva...

O DESCONHECIDO

Bebei mais um copo de Madeira. *(Bebem.)* Levais de certo alguma preciosidade na mala? *(Sorri-se.)*

MACÁRIO

Sim...

O DESCONHECIDO

Dinheiro?

MACÁRIO

Não, mas...

O DESCONHECIDO

A coleção completa de vossas cartas de namoro, algum poema em borrão, alguma carta de recomendação?

MACÁRIO

Nem isso, nem aquilo... Levo...

O DESCONHECIDO

A mala não me pareceu muito cheia. Senti alguma coisa sacolejar dentro. Alguma garrafa de vinho?

MACÁRIO

Não! não! mil vezes não! Não concebeis, uma perda imensa, irreparável... era o meu cachimbo...

O DESCONHECIDO

Fumais?

MACÁRIO

Perguntai de que serve o tinteiro sem tinta, a viola sem cordas, o copo sem vinho, a noite sem mulher... não me pergunteis se fumo!

O DESCONHECIDO *(Dá-lhe um cachimbo.)*

Eis aí um cachimbo primoroso. É de pura escuma do mar. O tubo é de pau de cereja. O bocal é de âmbar.

MACÁRIO

Bofé! Uma Sultana o fumaria! E fumo?

O DESCONHECIDO

É uma invenção nova. Dispensa-o. Acendei-o na vela. *(Macário acende.)*

MACÁRIO

E vós?

O DESCONHECIDO

Não vos importeis comigo. *(Tira outro cachimbo e fuma.)*

MACÁRIO

Sois um perfeito companheiro de viagem. Vosso nome?

O DESCONHECIDO

Perguntei-vos o vosso?

MACÁRIO

O caso é que é preciso que eu pergunte primeiro. Pois eu sou um estudante. Vadio ou estudioso, talentoso ou estúpido, pouco importa. Duas palavras só: amo o fumo e odeio o Direito Romano. Amo as mulheres e odeio o romantismo.

O DESCONHECIDO

Tocai! Sois um digno rapaz. *(Apertam a mão.)*

MACÁRIO

Gosto mais de uma garrafa de vinho que de um poema, mais de um beijo que do soneto mais harmonioso. Quanto ao canto dos passarinhos, ao luar sonolento, às noites límpidas, acho isso sumamente insípido. Os passarinhos sabem só uma cantiga. O luar é sempre o mesmo. Esse mundo é monótono a fazer morrer de sono.

O DESCONHECIDO

E a poesia?

MACÁRIO

Enquanto era a moeda de ouro que corria só pela mão do rico, ia muito bem. Hoje trocou-se em moeda de cobre; não há mendigo, nem caixeiro de taverna que não tenha esse vintém azinhavrado. Entendeis-me?

O DESCONHECIDO

Entendo. A poesia, de popular tornou-se vulgar e comum. Antigamente faziam-na para o povo; hoje o povo a faz para ninguém.

MACÁRIO *(Bebe.)*

Eu vos dizia pois... Onde tínhamos ficado?

O DESCONHECIDO

Não sei. Parece-me que falávamos sobre o papa.

MACÁRIO

Não sei: creio que o vosso vinho subiu-me à cabeça. Puah! vosso cachimbo tem sarro que tresanda[30]!

O DESCONHECIDO

Sois triste, moço... Palavra que eu desejaria ver essa poesia vossa.

MACÁRIO

Por quê?

O DESCONHECIDO

Porque havia ser alegre como Arlequim assistindo a seu enterro...

MACÁRIO

Poesias a quê?

O DESCONHECIDO

À luz, ao céu, ao mar...

MACÁRIO

O mar é uma coisa soberanamente insípida... O enjoo é tudo quanto há mais prosaico. Sou daqueles de quem fala o corsário[31] de Byron "*whose soul would sicken over the heaving wave*"[32].

O DESCONHECIDO

E enjoais a bordo?

MACÁRIO

É a única semelhança que tenho com D. Juan[33].

O DESCONHECIDO

Modéstia!

MACÁRIO

Pergunta à taverneira se apertei-lhe o cotovelo, pisquei-lhe o olho, ou pus-lhe a mão nas tetas.

---

[30] Tresandar: provocar (confusão, desordem); perturbar.

[31] Corsário: herói do drama *O corsário*, de Georg Byron (1788-1824), denominado Conrad.

[32] Em inglês. Tradução: "cuja alma adormeceria sobre a pesada onda".

[33] D. Juan: protagonista do drama de Byron, *D. Juan*.

O DESCONHECIDO

Um dragão!

MACÁRIO

Uma mulher! Todas elas são assim. As que não são assim por fora o são por dentro. Algumas em falta de cabelos na cabeça os têm no coração. As mulheres são como as espadas, às vezes a bainha é de oiro e de esmalte e a folha é ferrugenta.

O DESCONHECIDO

Falas como um descrido, como um saciado! E contudo ainda tens os beiços de criança! Quantos seios de mulher beijaste além do seio de tua ama de leite? Quantos lábios além dos de tua irmã?

MACÁRIO

A vagabunda que dorme nas ruas, a mulher que se vende corpo e alma, porque sua alma é tão desbotada como seu corpo, te digam minhas noites. Talvez muita virgem tenha suspirado por mim! Talvez agora mesmo alguma donzela se ajoelhe na cama e reze por mim!

O DESCONHECIDO

Na verdade és belo. Que idade tens?

MACÁRIO

Vinte anos. Mas meu peito tem batido nesses vinte anos tantas vezes como o de um outro homem em quarenta.

O DESCONHECIDO

E amaste muito?

MACÁRIO

Sim e não. Sempre e nunca.

O DESCONHECIDO

Fala claro.

MACÁRIO

Mais claro que o dia. Se chamas o amor a troca de duas temperaturas, o aperto de dois sexos, a convulsão de dois peitos que arquejam, o beijo de duas bocas que tremem, de duas vidas que se fundem... tenho amado muito e sempre!... Se chamas o amor o sentimento casto e puro que faz cismar o pensativo, que faz chorar o amante na relva onde passou a beleza, que adivinha o perfume dela na brisa, que pergunta às aves, à manhã, à noite, às harmonias da música, que melodia é mais doce que sua voz, e ao seu coração, que formosura há mais divina que a dela... eu nunca amei. Ainda não achei uma mulher assim. Entre um charuto e uma chávena de café lembro-me às vezes de alguma forma divina, morena, branca, loira, de cabelos castanhos ou negros. Tenho-as visto que fazem empalidecer... e meu peito parece sufocar... meus lábios se gelam, minha mão se esfria. Parece-me então que se aquela mulher que me faz estremecer assim soltasse sua roupa de veludo e me deixasse pôr os lábios sobre seu seio um momento, eu morreria num desmaio de prazer! Mas depois desta vem outra – mais outra – e o amor se desfaz numa saudade que se desfaz no esquecimento. Como eu te disse, nunca amei.

O DESCONHECIDO

Ter vinte anos e nunca ter amado! E para quando esperas o amor?

MACÁRIO

Não sei. Talvez eu ame quando estiver impotente!

O DESCONHECIDO

E o que exigirias para a mulher de teus amores?

MACÁRIO

Pouca coisa. Beleza, virgindade, inocência, amor...

O DESCONHECIDO *(Irônico.)*

Mais nada?

MACÁRIO

Notai que por bela indico um corpo benfeito, arredondado, setinoso, uma pele macia e rosada, um cabelo de seda-froixa e uns pés mimosos...

O DESCONHECIDO

Quanto à virgindade?

MACÁRIO

Eu a quereria virgem na alma como no corpo. Quereria que ela nunca tivesse sentido a menor emoção por ninguém. Nem por um primo, nem por um irmão... Que Deus a tivesse criado adormecida na alma até ver-me como aquelas princesas encantadas dos contos que uma fada adormecera por cem anos. Quereria que um anjo a cobrisse sempre com seu véu, e a banhasse todas as noites do seu óleo divino para guardá-la santa!... Quereria que ela viesse criança transformar-se em mulher nos meus beijos.

O DESCONHECIDO

Muito bem, mancebo! E esperas essa mulher?

MACÁRIO

Quem sabe!

O DESCONHECIDO

E é no lodo da prostituição que hás-de encontrá-la?

MACÁRIO

Talvez! É no lodo do oceano que se encontram as pérolas...

O DESCONHECIDO

Em mau lugar procuras a virgindade! É mais fácil achar uma pérola na casa de um joalheiro que no meio das areias do fundo do mar.

MACÁRIO

Quem sabe!

O DESCONHECIDO

Duvidas pois?

MACÁRIO

Duvido sempre. Descreio às vezes. Parece-me que este mundo é um logro. O amor, a glória, a virgindade, tudo é uma ilusão.

O DESCONHECIDO

Tens razão: a virgindade é uma ilusão! Qual é mais virgem, aquela que é deflorada dormindo, ou a freira que ardente de lágrimas e desejos se revolve no seu catre, rompendo com as mãos sua roupa de morte, lendo algum romance impuro?

MACÁRIO

Tens razão: a virgindade da alma pode existir numa prostituta, e não existir numa virgem de corpo. — Há flores sem perfume, e perfume sem flores. Mas eu não sou como os outros. Acho que uma taça vazia pouco vale, mas não beberia o melhor vinho numa xícara de barro.

O DESCONHECIDO

E contudo bebes o amor nos lábios de argila da mulher corrupta!

MACÁRIO

O amor? Que te disse que era o amor? É uma fome impura que se sacia. O corpo faminto é como o conde Ugolino[34] na sua torre – morderia até num cadáver.

O DESCONHECIDO

Tua comparação é exata. A meretriz é um cadáver.

MACÁRIO

Vale-nos ao menos que sobre seu peito não se morre de frio!

O DESCONHECIDO

Admira-me uma coisa. Tens vinte anos: deverias ser puro como um anjo e és devasso como um cônego!

MACÁRIO

Não é que eu não voltasse meus sonhos para o céu. A cisterna também abre seus lábios para Deus, e pede-lhe uma água pura – e o mais das vezes só tem lodo. Palavra de honra, que às vezes quero fazer-me frade.

O DESCONHECIDO

Frade! Para quê?

MACÁRIO

É uma loucura. Enche esse copo. *(Bebe.)* Pela Virgem Maria! Tenho sono. Vou dormir.

O DESCONHECIDO

E eu também. Boa noite.

MACÁRIO

Ainda uma vez, antes de dormir, o teu nome?

O DESCONHECIDO

Insistes nisso?

MACÁRIO

De todo o meu coração. Sou filho de mulher.

O DESCONHECIDO

Aperta minha mão. Quero ver se tremes nesse aperto ouvindo meu nome.

---

[34] Conde Ugolino: referência à *Divina comédia*, de Dante Alighieri.

MACÁRIO

Juro-te que não, ainda que fosses...

O DESCONHECIDO

Aperta minha mão. Até sempre: na vida e na morte!

MACÁRIO

Até sempre, na vida e na morte!

O DESCONHECIDO

E o teu nome?

MACÁRIO

Macário. Se não fosse enjeitado, dir-te-ia o nome de meu pai e o de minha mãe. Era de certo alguma libertina. Meu pai, pelo que penso, era padre ou fidalgo.

O DESCONHECIDO

Eu sou o diabo. Boa noite, Macário.

MACÁRIO

Boa noite, Satã. *(Deita-se. O desconhecido sai.)* O diabo! uma boa fortuna! Há dez anos que eu ando para encontrar esse patife! Desta vez agarrei-o pela cauda! A maior desgraça deste mundo é ser Fausto sem Mefistófeles[35]... Olá, Satã!

SATÃ

Macário...

MACÁRIO

Quando partimos?

SATÃ

Tens sono?

MACÁRIO

Não.

SATÃ

Então já.

[35] Fausto e Mefistófeles: protagonistas do drama de Goethe, *Fausto*. Baseado no lendário Fausto medieval, o drama narra a vida do herói que vende a alma a Mefistófeles em troca de bens materiais e sabedoria.

MACÁRIO

E o meu burro?

SATÃ

Irás na minha garupa.

NUM CAMINHO

Satã montado num burro preto; Macário na garupa.

MACÁRIO

Para um pouco teu burro.

SATÃ

Não queres chegar?

MACÁRIO

É que ele tem um trote inglês de desesperar os intestinos.

SATÃ

E contudo este burro descende em linha reta do burro em que fez a sua entrada em Jerusalém o filho do velho carpinteiro José. Vês pois que é fidalgo como um cavalo árabe.

MACÁRIO

Tudo isso não prova que ele não trota danadamente. Falta-nos muito para chegar?

SATÃ

Não. Daqui a cinco minutos podemos estar à vista da cidade. Hás de vê-la desenhando no céu suas torres escuras e seus casebres tão pretos de noite como de dia, iluminada, mas sombria como uma essa de enterro.

MACÁRIO

Tenho ânsia de lá chegar. É bonita?

SATÃ *(Boceja.)*

Ah! é divertida.

MACÁRIO

Por acaso também há mulheres ali?

SATÃ

Mulheres, padres, soldados e estudantes. As mulheres são mulheres, os padres são soldados, os soldados são padres, e os estudantes são estudantes; para falar mais claro: as mulheres são lascivas, os padres, dissolutos, os soldados, ébrios, os estudantes, vadios. Isto salvo honrosas exceções, por exemplo, de amanhã em diante, tu.

MACÁRIO

Esta cidade deveria ter o teu nome.

SATÃ

Tem o de um santo: é quase o mesmo. Não é o hábito que faz o monge. Demais, essa terra é devassa como uma cidade, insípida como uma vila e pobre como uma aldeia. Se não estás reduzido a dar-te ao pagode, a suicidar-te de *spleen*, ou a alumiar-te a rolo, não entres lá. É a monotonia do tédio. Até as calcadas!

MACÁRIO

Que têm?

SATÃ

São intransitáveis. Parecem encastoadas as tais pedras. As calçadas do inferno são mil vezes melhores. Mas o pior da história é que as beatas e os cônegos cada vez que saem, a cada topada, blasfemam tanto com o rosário na mão que já estou enjoado. Admiraste? por que abres essa boca espantada? Antigamente o diabo corria atrás dos homens, hoje são eles que rezam pelo diabo. Acredita que faço-te um favor muito grande em preferir-te à moça de um frade que me trocaria pelo seu Menino Jesus, e a um cento de padres que dariam a alma, que já não tem, por uma candidatura.

MACÁRIO

Mas, como dizias, as mulheres...

SATÃ

Debaixo do pano luzidio da mantilha, entre a renda do véu, com suas faces cor-de-rosa, olhos e cabelos pretos (e que olhos e que longos cabelos!) são bonitas. Demais, são beatas como uma bisavó; e sabem a arte moderna de entremear uma Ave-Maria com um namoro; e soltando uma conta do rosário lançar uma olhadela.

MACÁRIO

Oh! a mantilha acetinada! os olhares de andaluza! e a tez fresca como uma rosa! os olhos negros, muito negros, entre o véu de seda dos cílios. Apertá-las ao seio com seus ais, seus suspiros, suas orações entrecortadas de soluços! Beijar-lhes o seio palpitante e a cruz que se agita no seu colo! Apertar-lhes a cintura, e sufocar-lhes nos lábios uma oração! Deve ser delicioso!

SATÃ

Tá! tá! tá!... Que ladainha... parece que já estás enamorado, meu Dom Quixote, antes de ver as Dulcineias!

MACÁRIO

Que boa terra! E o Paraíso de Mafoma[36]!

SATÃ

Mas as moças poucas vezes têm bons dentes. A cidade colocada na montanha, envolta de várzeas relvosas, tem ladeiras íngremes e ruas péssimas. É raro o minuto em que não se esbarra a gente com um burro ou com um padre. Um médico que ali viveu e morreu deixou escrito numa obra inédita, que para sua desgraça o mundo não há-de ler, que a virgindade era uma ilusão. E, contudo, não há em parte alguma mulheres que tenham sido mais vezes virgens que ali.

MACÁRIO

Têm-se-me contado muito bonitas histórias. Dizem na minha terra que aí, à noite, as moças procuram os mancebos, que lhes batem à porta, e na rua os puxam pelo capote. Deve ser delicioso! Quanto a mim, quadra-me essa vida excelentemente, nem mais nem menos que um Sultão escolherei entre essas belezas vagabundas a mais bela. Aplicarei contudo o ecletismo ao amor. Hoje uma, amanhã outra: experimentarei todas as taças. A mais doce embriaguez é a que resulta da mistura dos vinhos.

SATÃ

A única que tu ganharás será nojenta. Aquelas mulheres são repulsivas. O rosto é macio, os olhos lânguidos, o seio morno... Mas o corpo é imundo. Tem uma lepra que ocultam num sorriso. Bofarinheiras de infâmia dão em troca do gozo o veneno da sífilis. Antes amar uma lazarenta!

---

[36] Mafoma: designação arcaica para Maomé.

MACÁRIO

És o diabo em pessoa. Para ti nada há bom. Pelo que vejo, na criação só há uma perfeição, a tua. Tudo o mais nada vale para ti. Substância da soberba, ris de tudo o mais embuçado no teu desdém. Há uma tradição, que quando Deus fez o homem, veio Satã; achou a criatura adormecida, apalpou-lhe o corpo: achou-o perfeito, e deitou aí as paixões.

SATÃ

Essa história é uma mentira. O que Satã pôs aí foi o orgulho. E o que são vossas virtudes humanas senão a encarnação do orgulho?

MACÁRIO

Oh! Ali vejo luzes ao longe. Uma montanha oculta no horizonte. Disséreis um pântano escuro cheio de fogos errantes. Por que paras o teu animal?

SATÃ

Tenho uma casa aqui na entrada da cidade. Entrando à direita, defronte do cemitério. Sturm, meu pajem, lá está preparando a ceia. Levanta-te sobre meus ombros: não vês naquele palácio uma luz correr uma por uma as janelas? Sentiram a minha chegada.

MACÁRIO

Que ruínas são estas? É uma igreja esquecida? A lua se levanta ao longe nas montanhas. Sua luz horizontal banha o vale, e branqueia os pardieiros escuros do convento. Não mora ali ninguém? Eu tinha desejo de correr aquela solidão.

SATÃ

É uma propensão singular a do homem pelas ruínas. Devia ser um frade bem sombrio, ébrio de sua crença profunda, o Jesuíta que aí lançou nas montanhas a semente dessa cidade. Seria o acaso quem lhe pôs no caminho, à entrada mesmo, um cemitério à esquerda e umas ruínas à direita?

MACÁRIO

Se quisesses, Satã, podíamos descer pelo despenhadeiro, e ir ter lá embaixo, enquanto Sturm prepara a ceia.

SATÃ

Não, Macário. Minha barriga está seca como a de um eremita: deves também ter fome. Molhar os pés no orvalho não deve ser bom para quem vem de viagem. Vamos cear. Daqui a pouco o luar estará claro e poderemos vir.

MACÁRIO

Fiat voluntas tua[37].

SATÃ

Amen[38]!

AO LUAR

Junto de uma janela está uma mesa.

SATÃ

Então, não bebes, Macário? Que tens, que estás pensativo e sombio? Olha, desgraçado, é verdadeiro vinho do Reno que desdenhas!

MACÁRIO

E tu és mesmo Satã?

SATÃ

É nisso que pensavas? És uma criança. Decerto que querias ver-me nu e ébrio como Calibã[39], envolto no tradicional cheiro de enxofre! Sangue de Baco! Sou o diabo em pessoa! Nem mais nem menos: porque tenha luvas de pelica, e ande de calças à inglesa, e tenha os olhos tão azuis como uma alemã! Queres que te jure pela Virgem Maria?

MACÁRIO *(Bebe.)*

Este vinho é bom. Quando se tem três garrafas de Johannisberg na cabeça, sente-se a gente capaz de escrever um poema. O poeta árabe bem o disse: – o vinho faz do poeta um príncipe e do príncipe um poeta. Sabes quem inventou o vinho?

SATÃ

É uma bela coisa o vapor de um charuto! E demais, o que é tudo no mundo senão vapor? A adoração é incenso e o incenso o que é? O amor é o vapor do coração que embebeda os sentidos. Tu o sabes – a glória é fumaça.

---

[37] Em latim. Tradução: “Seja feita a vossa vontade”.

[38] Em latim. Tradução: “Assim seja”.

[39] Calibã: personagem de *A tempestade*, de Shakespeare, construído como um escravo selvagem e disforme.

MACÁRIO

Sim. É belo fumar! O fumo, o vinho e as mulheres! Sabes há ocasião em que dão-me venetas de viver no Oriente.

SATÃ

Sim... o Oriente! mas que achas de tão belo naqueles homens que fumam sem falar, que amam sem suspirar? É pelo fumo? Fuma aqui... vê, o luar está belo: as nuvens do céu parecem a fumaça do cachimbo do Onipotente que resfolga dormindo. Pelas mulheres? Faze-te vigário de freguesia...

MACÁRIO

É uma coisa singular esta vida. Sabes que às vezes eu quereria ser uma daquelas estrelas para ver de camarote essa Comédia que se chama o Universo? essa Comédia onde tudo que há mais estúpido é o homem que se crê um espertalhão? Vês aquele boi que rumina ali deitado sonolento na relva? Talvez seja um filósofo profundo que se ri de nós. A filosofia humana é uma vaidade. Eis aí, nós vivemos lado a lado, o homem dorme noite a noite com uma mulher: bebe, come, ama com ela, conhece todos os sinais de seu corpo, todos os contornos de suas formas, sabe todos os ais que ela murmura nas agonias do amor, todos os sonhos de pureza que ela sonha de noite e todas as palavras obscenas que lhe escapam de dia... Pois bem – a esse homem que deitou-se mancebo com essa mulher ainda virgem, que a viu em todas as fases, em todos os seus crepúsculos, e acordou um dia com ela ambos velhos e impotentes, a esse homem, perguntai-lhe o que é essa mulher, e ele não saberá dizê-lo! Ter volvido e revolvido um livro a ponto de manchar-lhe e romper-lhe as folhas, e não o entender! Eis o que é a filosofia do homem! Há cinco mil anos que ele se abisma em si, e pergunta-se quem é, donde veio, aonde vai, e o que tem mais juízo é aquele que moribundo crê que ignora!

SATÃ

Eis o que é profundamente verdade! Perguntai ao libertino que venceu o orgulho de cem virgens e que passou outras tantas noites no leito de cem devassas, perguntai a D. Juan, Hamlet ou ao Fausto que é a mulher, e... nenhum o saberá dizer. E isso que te digo não é romantismo. Amanhã numa taverna poderás achar Romeu com a criada da estalagem, verás D. Juan com Julietas, Hamlet ou Fausto sob a casaca de um *dandy*[40]. É que esses tipos são velhos e eternos como o sol. E a humanidade que os estuda desde os primeiros tempos ainda não entende esses míseros, cuja desgraça é não entender e o sábio que os vê a seu lado deixa esse estudo para pensar nas

[40] Em inglês. Tradução: "almofadinha".

estrelas; o médico, que talvez foi moço de coração e amou e creu, e desesperou e descreu, ri-se das doenças da alma e só vê a nostalgia na ruptura de um vaso, o amor concentrado quando se materializa numa tísica. Se Antony[41] ainda vive e deu-se à medicina é capaz de receitar uma dose de jalapa para uma dor íntima; um cautério para uma dor de coração!

MACÁRIO

Falas como um livro, como dizem as velhas. Só Deus ou tu sabes se o Ramée[42] ou D. César de Basan[43], Santa Teresa ou Marion Delorme[44], o sábio ou o ignorante, Creso[45] ou Iro[46], Goethe ou o mendigo ébrio que canta, entenderam a vida. Quem sabe onde está a verdade? nos sonhos do poeta, nas visões do monge, nas canções obscenas do marinheiro, na cabeça do doido, na palidez do cadáver, ou no vinho ardente da orgia? Quem sabe?

SATÃ

És triste como um sino que dobra. Não falemos nisto. Fala-me antes na beleza de alguma virgem nua, na languidez de uns olhos negros, na convulsão que te abala nalguma hora de deleite. A minha guitarra está ali: queres que te cante alguma modinha? Pela lua! estás distraído como um fumador de ópio!

MACÁRIO

No que penso? Hás de rir se contar-to. É uma história fatal.

SATÃ

Deixa-me acender outro charuto... Muito bem. Conta agora. É algum romance?

MACÁRIO

Não: lembrei-me agora de uma mulher. Uma noite encontrei na rua uma vagabunda. A noite era escura. Eu ia pelas ruas à toa... Segui-a. Ela levou-me à sua casa. Era um casebre. A cama era um catre: havia um colchão em cima, mas tão velho, tão batido, que parecia estar desfeito ao peso dos que aí haviam-se revolvido. Deitei-me com

---

[41] Antony: protagonista do drama *Antony* (1831), do escritor francês Alexandre Dumas, pai.

[42] Pierre de la Ramée (1512-75): humanista, filósofo e matemático francês.

[43] D. César de Bazan: falsa identidade assumida por Ruy Blas, herói da peça homônima de Victor Hugo.

[44] Marion Delorme: personagem do drama homônimo de Victor Hugo, sobre a vida de uma cortesã.

[45] Creso: rei da Lídia, no século VI a.C., célebre por sua fortuna e por ter sido derrotado em 549 a.C. por Ciro o Grande, da Pérsia.

[46] Iro: na Odisseia, mendigo de Ítaca morto por Ulisses.

ela. Estive algumas horas. Essa mulher não era bela: era magra e lívida. Essa alcova era imunda. Eu estava aí frio: o contato daquele corpo amolecido não me excitava sensações: e contudo eu mentia à minha alma, dando-lhe beijos. Eu saí dali. No outro dia de manhã voltei. A casa estava fechada. Bati. Não me responderam. Entrei. Uma mulher velha saiu-me ao encontro. Perguntei-lhe pela outra. "Silêncio!" me disse a velha. "Está deitada ali no chão... Morreu esta noite... E com um ar cínico... Quereis vê-la? está nua... vão amortalhá-la..."

SATÃ

Na verdade, é singular. E o nome dessa mulher?

MACÁRIO

Esqueci-o. Talvez amanhã eu to diga: amanhã ou depois... que importa um nome? E contudo essa misérrima com quem deitei-me uma noite, que pretendia ter o segredo da virgindade eterna de Marion Delorme, que me falava de *amanhã* com tanta certeza, que mercadejava sua noite de *amanhã* como vendera segunda vez a de seu *hoje*, e que de certo morreu pensando nos meios de excitar mais deleite, na receita da virgindade eterna que ela sabia como a antiga Marion Delorme, essa mulher... que esqueci como se esquecem os que são mortos, me fez ainda agora estremecer.

SATÃ

E quem sabe se aquela mulher, a cujo lado estiveste não era a ventura?

MACÁRIO

Não te entendo.

SATÃ

Quem sabe se naquele pântano não encontrarias talvez a chave de ouro dos prazeres que deliram?

MACÁRIO

Quem sabe! Talvez.

SATÃ

É tarde. Agora é uma caveira a face que beijaste... uma caveira sem lábios, sem olhos e sem cabelos. O seio se desfez... A vulva onde a sede imunda do soldado se enfurnava – como um cão se sacia de lodo – foi consumida na terra. Tudo isso é comum. É uma ideia velha, não? E quem sabe se sobre aquele cadáver não correram lágrimas de alguma esperança que se desvaneceu? se com ela não se enterrou teu futuro de amor? Não gozaste aquela mulher?

MACÁRIO

Não.

SATÃ

Se ali ficasse mais alguma hora, talvez ela te morresse nos braços. Aquela agonia, o beijo daquela moribunda talvez regenerasse. Da morte nasce muitas vezes a vida. Dizem que se a rabeca de Paganini[47] dava sons tão humanos, tão melodiosos, é que ele fizera passar a alma de sua mãe, de sua velha mãe moribunda, pelas cordas e pela caverna de seu instrumento. Sentes frio, que te embuça assim no teu capote?

MACÁRIO

Satã, fecha aquela janela. O ar da noite me faz mal. O luar me gela. Demais, senti nas folhagens ao longe um estremecer. Que som abafado é aquele ao longe? Dir-se-ia o arranco de um velho que estrebucha.

SATÃ

É a meia-noite. Não ouves?

MACÁRIO

Sim. É a meia-noite. A hora amaldiçoada, a hora que faz medo às bestas, e que acorda o ceticismo. Dizem que a essa hora vagam espíritos, que os cadáveres abrem os lábios inchados e murmuram mistérios. É verdade, Satã?

SATÃ

Se não tivesse tanto frio, eu te levaria comigo ao campo. Eu te adormeceria no cemitério e havias de ter sonhos como ninguém os tem, e como os que os têm não querem crê-los.

MACÁRIO

Bem, muito bem. Irei contigo.

SATÃ

Vamos pois. Dá-me tua mão. Está fria como a de um defunto! Dentro de alguns momentos estaremos longe daqui. Dormirás esta noite um sono bem profundo.

MACÁRIO

O da morte?

---

[47] Niccolò Paganini (1782-1840): compositor e violinista italiano. A comoção desencadeada por seus concertos originou a lenda de que o músico teria feito um pacto com o diabo.

SATÃ

Fundo como o do morto: mas acordarás, e amanhã lembrarás sonhos como um ébrio nunca vislumbrou.

MACÁRIO

Vamos: estou pronto.

SATÃ

Deixa-me beber um trago de curaçau. Vamos. A lua parou no céu. Tudo dorme. É a hora dos mistérios. Deus dorme no seio da criação como Ló[48] no regaço incestuoso de sua filha. Só vela Satã.

Satã, com a mão sobre o estômago de Macário, que está deitado sobre um túmulo.

SATÃ

Acorda!

MACÁRIO *(Estremece.)*

Ah! pensei nunca mais acordar! Que sono profundo!

SATÃ

Divertiste muito à noite, não?

MACÁRIO

É horrível! horrível!

SATÃ

Fala.

MACÁRIO

Meu peito se exauriu. Meus lábios não podem transbordar estes mistérios.

SATÃ

Era pois muito medonho o que vias? Levanta-te daí.

MACÁRIO

Não posso: quebrou-se meu corpo entre os braços do pesadelo. Não posso.

[48] Ló: no Antigo Testamento (Gênesis 19, 30-38), filho de Arã e sobrinho de Abraão.

SATÃ

Liba esse licor: uma gota bastaria para reanimar um cadáver.

MACÁRIO *(Toca-o nos lábios.)*

Que fogo! meu peito arde. Ah! ah! que dor!

SATÃ

Não sabes que para o metal bruto se derreter e cristalizar é mister um fogo ardente, ou a centelha magnética?

MACÁRIO

Que sonho! Era um ar abafado... sem nuvens e sem estrelas! Que escuridão! Ouvia-se apenas de espaço a espaço um baque como o de um peso que cai no mar e afunda-se... Às vezes vinha uma luz, como uma estrela ardente, cair e apagar-se naquela lagoa negra... Depois eu vi uma forma de mulher pensativa. Era nua e seu corpo era perfeito como o de um anjo, mas era lívido como o mármore. Seus olhos eram vidrados, os lábios brancos, e as unhas roxeadas. Seu cabelo era louro, mas tinha uns reflexos de branco. – Que dor desconhecida a gelara assim e lhe embranquecera os cabelos? não sei. Ela se erguia às vezes, cambaleando, estremecendo suas pernas indecisas, como uma criança que tirita... e se perdia nas trevas. Eu a segui. Caminhamos longo tempo num chão pantanoso...

SATÃ

E tu a viste parar numa torrente que transbordava de cadáveres – tomá-los um por um nos braços sem sangue, apertar-se gelada naqueles seios de gelo, revolver-se, tremer, arquejar... e erguer-se depois sempre com um sorriso amargo.

MACÁRIO

Quem era essa mulher?

SATÃ

Era um anjo. Há cinco mil anos que ela tem o corpo da mulher e o anátema[49] de uma virgindade eterna. Tem todas as sedes, todos os apetites lascivos, mas não pode amar. Todos aqueles em que ela toca se gelam. Repousou o seu seio, roçou suas faces em muitas virgens e prostitutas, em muitos velhos e crianças – bateu a todas as portas da criação, estendeu-se em todos os leitos e com ela o silêncio... Essa estátua ambulante é quem murcha as flores, quem desfolha o outono, quem amortalha as esperanças.

---

[32] Anátema: maldição, execração.

MACÁRIO

Quem é?

SATÃ

E depois o que viste?

MACÁRIO

Vi muita coisa... Eram mil vozes que rebentavam do abismo, ardentes de blasfêmia! Das montanhas e dos vales da terra, das noites de amor e das noites de agonia, dos leitos do noivado aos túmulos da morte erguia-se uma voz que dizia: — Cristo, sê maldito! Glória, três vezes glória ao anjo do mal! E as estrelas fugiam chorando, derramando suas lágrimas de fogo... E uma figura amarelenta beijava a criação na fronte, e esse beijo deixava uma nódoa eterna...

SATÃ

Estás muito pálido. E contudo sonhaste só meia hora.

MACÁRIO

Eu pensei que era um século. O que um homem sente em cem anos não equivale a esse momento. Que estrela é aquela que caiu do céu, que ai é esse que gemeu nas brisas?

SATÃ

É um filho que o pai enjeitou. É um anjo que desliza na Terra. Amanhã talvez o encontres. A pérola talvez se enfie num colar de bagas impuras, talvez o diamante se engaste em cobre. Aposto como daqui a um momento será uma mulher, daqui a um dia uma Santa Madalena!

MACÁRIO

Descrido!

SATÃ

O anjo é a criatura do amor. E o que há mais aberto ao amor que a filha de Jerusalém? Qual é a sombra onde mais vezes tem vibrado essa pólvora mágica e incompreensível? Qual é o seio onde tem caído ardentes mais lágrimas de gozo?

MACÁRIO

Não ouviste um ai? um outro ai ainda mais dorido?

SATÃ

É algum bacurau que passou; algum passarinho que acordou nas garras de uma coruja.

MACÁRIO

Não: o eco ainda o repete. Ouves? é um ai de agonia, uma voz humana! Quem geme a essas horas? Quem se torce na convulsão da morte?

SATÃ *(Dando uma gargalhada.)*

Ah! ah! ah!

MACÁRIO

Que risada infernal. Não vês que tremo? que o vento que me trouxe esse ai me arrepiou os cabelos? Não sentes o suor frio gotejar de minha fronte?

SATÃ *(Ri-se.)*

Ah! ah! ah!

MACÁRIO

Satã! Satã! Que ai era aquele?

SATÃ

Queres muito sabê-lo?

MACÁRIO

Sim! pelo inferno ou pelo céu!

SATÃ

É o último suspiro de uma mulher que morreu, é a última oração de uma alma que se apagou no nada.

MACÁRIO

E de quem é esse suspiro? por quem é essa oração?

SATÃ

De certo que não é por mim! Insensato, não adivinhas que essa voz é a de tua mãe, que essa oração era por ti?

MACÁRIO

Minha mãe! minha mãe!

SATÃ

Pelas tripas de Alexandre Bórgia[50]! Choras como uma criança!

MACÁRIO

Minha mãe! minha mãe!

---

[50] Alexandre Bórgia ou Alexandre VI (1431-1503): papa espanhol tido por devasso e incestuoso.

SATÃ

Então ficas aí?

MACÁRIO

Vai-te, vai-te; Satã! Em nome de Deus! em nome de minha mãe! eu te digo: – Vai-te!

SATÃ *(Desaparecendo.)*

É por pouco tempo. Amanhã me chamarás. Quando me quiseres é fácil chamar-me. Deita-te no chão com as costas para o céu; põe a mão esquerda no coração; com a direita bate cinco vezes no chão, e murmura – Satã!

A ESTALAGEM DO CAMINHO (*Do princípio.*)

As janelas fechadas. Batem à porta.

MACÁRIO *(Acordando.)*

Que sonho! Foi um sonho... Satã! Qual Satã! Aqui estão as minhas botas, ali está o meu ponche... A ceia está intata na mesa! Minha garrafa vazia do mesmo modo! Contudo eu sou capaz de jurar que não sonhei! Olá, mulher da venda!

A MULHER *(Batendo de fora.)*

Senhor moço! Abra! abra!

MACÁRIO

Que algazarra do diabo é essa?

(Abre a porta. Entra a mulher.)

A MULHER

Ah! Senhor! estou cansada de bater à sua porta! Pois o senhor dorme a sono solto até três horas da tarde!

MACÁRIO

Como?

A MULHER

Nem ceou – aposto... nem ceou. A vela ardeu toda. Ora vejam como podia pegar fogo na casa! Pegou no sono, comendo decerto!

MACÁRIO

Esta é melhor! Pois aqui não esteve ninguém ontem comigo?

A MULHER

Pela fé de Cristo! ninguém.

MACÁRIO

Pois eu não saí daqui de noite, alta noite, na garupa de um homem de ponche vermelho e preto, porque meu burro tinha fugido para o sítio do Nhô Quito?

A MULHER *(Espantada, benzendo-se.)*

Não, senhor! não ouvi nada... O burro está amarrado na baia. Comeu uma quarta de milho...

MACÁRIO *(Chega à janela.)*

Como! Não choveu a cântaros esta noite? É singular! Eu era capaz de jurar que cheguei até a cidade, antes de meia-noite!

A MULHER *(Benzendo-se.)*

Se não foi por artes do diabo, o senhor estava sonhando.

MACÁRIO

O diabo! *(Dá uma gargalhada à força.)* Ora, sou um pateta! Qual diabo, nem meio diabo! Dormi comendo, e sonhei nestas asneiras!... Mas que vejo! *(Olhando para o chão.)* Não vês?

A MULHER

O que é? Ai! ai! uns sinais de queimado aí pelo chão! Cruz! Cruz! minha Nossa Senhora de S. Bernardo!.. É um trilho de um pé...

MACÁRIO

Tal e qual um pé!...

A MULHER

Um pé de cabra... um trilho queimado...Foi o pé do diabo! o diabo andou por aqui!

SEGUNDO EPISÓDIO
NA ITÁLIA

Um vale, montanhas à esquerda. Um rio torrentoso à direita. No caminho uma mulher sentada no chão acalenta um homem com a cabeça deitada no seu regaço.

MACÁRIO (*Cismando.*)

Morrer! morrer!... Quando o vinho do amor embebeda os sentidos, quando corre em todas as veias e agita todos os nervos... parece que esgotou-se tudo. Amanhã não pode ser tão belo como hoje. E acordar do sonho, ver desfeita uma ilusão! Nunca!.. Olá, mulher, afasta-te do caminho. Quero passar...

A MULHER

Não o piseis, não, ele dorme. Dorme... está cansado. Não vedes como está pálido? Coitado!

MACÁRIO

Sim: está pálido: não é o luar que o faz lívido. Eu o vejo. É teu amante? A lua que alveja tuas tranças grisalhas ri de teu amor. Messalina[51] de cabelos brancos, quem apertas no seio emurchecido? Tão alta noite, quem é esse mancebo de cabelos negros que adormece no teu colo?... Como está pálido... Que testa fria... Mulher! louca mulher, quem acalentas é um cadáver.

A MULHER

Um defunto?... não... ele dorme: não vedes? É meu filho... Apanharam-no boiando nas águas levado pelo rio... Coitado! como está frio!... é das águas... Tem os cabelos ainda gotejantes... Diziam que ele morreu... Morrer! meu filho! é impossível... Não sabeis! ele é a minha esperança, meu sangue, minha vida. É meu passado de moça, meus amores de velha... Morrer ele? É impossível. Morrer? Como? Se eu ainda sinto esperanças, se ainda sinto o sangue correr-me nas veias, e a vida estremecer meu coração!

MACÁRIO

Velha! estás douda.

[51] Messalina: designa, no contexto, mulher de conduta devassa e lasciva.

A MULHER

Não morreu, não... Ele está dormindo. Amanhã há-de acordar... Há muito tempo que ele dorme... Que sono profundo! nem um ressonar! Ele foi sempre assim desde criança. Quando eu o embalava ao meu seio, ele às vezes empalidecia... que parecia um morto, tanto era pálido e frio!... Meu filho! Hei-de aquentá-lo com meus beiços, com meu corpo...

MACÁRIO

Pobre mãe!

A MULHER

Falai mais baixo. Eu pedi ao vento que se calasse, ao rio que emudecesse... Não vedes? tudo é silêncio. Escuta: sabes tocar? Vai ver tua viola e canta alguma cantiga da tua terra. Dizem que a música faz ter sonhos sossegados...

MACÁRIO

Sonhos! que sonhos soerguem teu lençol, ó leito da morte? *(Passa adiante.)* Esta mulher está doida. Este moço foi banhar-se na torrente e afogou-se. Eu vi carregarem seu cadáver úmido e gelado. Pobre Mãe! embala-o nu e macilento no seu peito, crendo embalar a vida. Louca!... Feliz talvez! quem sabe se a ventura não é a insânia?

(Mais longe, sentado num rochedo à beira do rio, está Penseroso cismando.)

PENSEROSO[52]

É alta noite. Disseram-me ainda agora que eram duas horas. É doce pensar ao clarão da lua quando todos dormem. A solidão tem segredos amenos para quem sente. O coração do mancebo é como essas flores pálidas que só abrem de noite, e que o sol murcha e fecha. Tudo dorme. A aldeia repousa. Só além, junto das fogueiras os homens da montanha e do vale conversam suas saudades. Mais longe a toada monótona da viola se mistura à cantilena do sertanejo, ou aos improvisos do poeta singelo da floresta, alma ignorante e pura que só sabe das emoções do sentimento, e dos cantos que lhe inspira a natureza virgem de sua terra. O rio corre negro a meus pés, quebrando nas pedras sua escuma prateada pelos raios da lua que parecem gotejar dentre os arvoredos da margem. No silêncio sinto minha alma acordar-se embalada nas redes moles do sonho. É tão doce o sonhar para quem ama!... No que estará ela pensando

---

[52] Nome provavelmente emprestado do poema de John Milton, "*Il Penseroso*", que invoca a melancolia e celebra o prazer da contemplação.

agora? Cisma, e lembra-se de mim? Dorme e sonha comigo? Ou encostada na sua janela ao luar sente uma saudade por mim?

MACÁRIO *(Passando.)*

Penseroso! Boa noite, Penseroso! Que imaginas tão melancólico?

PENSEROSO

Boa noite, Macário. Aonde vais tão sombrio?

MACÁRIO *(Sombrio.)*

Vou morrer.

PENSEROSO

Eu sonhava em amor!

MACÁRIO

E eu vou morrer!

PENSEROSO

Tu brincas. Vi um sorriso nos teus lábios.

MACÁRIO

É um sorriso triste, não? Eu to juro pela alma de minha mãe, vou morrer.

PENSEROSO

Morrer! tão moço! E não tens pena dos que chorarão por ti? daquelas pobres almas que regarão de lágrimas ardentes teu rosto macilento, teu cadáver insensível?

MACÁRIO

Não; não tenho mãe. Minha mãe não me embalará endoidecida entre seus joelhos, pensando aquentar com sua febre de louca o filho que dorme. Ninguém chorará. Não tenho mãe.

PENSEROSO

Pobre moço! não amas!

MACÁRIO

Amo... amo sim. Passei toda esta noite junto ao seio de uma donzela, pura e virgem como os anjos.

PENSEROSO

Que tens? Cambaleias. Estás ébrio?

MACÁRIO

Ébrio sim! ébrio de amor... de prazer. Aquela criança inocente embebedou-me de gozo. Que noite! Parece que meu corpo desfalece. E minha alma absorta de ternura só tem um pensamento — morrer!

PENSEROSO

Amar e não querer viver!

MACÁRIO

Ela é muito bela. Eu vivi mais nesta noite que no resto de minha vida. Um mundo novo se abriu ante mim. Amei.

PENSEROSO

Não é verdade que a mulher é um anjo?

MACÁRIO

Sim: é um anjo que nos adormece, e nos seus braços nos leva a uma região de sonhos de harmonias desconhecidas. Sua alma se perde conosco num infinito de amor, como essas aves que voam à noite e se mergulham no seio do mistério.

PENSEROSO

A mulher! Oh! se todos os homens as entendessem! Essas almas divinas são como as fibras harmoniosas de uma rabeca. O ignorante não arranca dela um som melodioso... embalde suas mãos grosseiras revolvem e apertam o arco sobre elas — embalde! somente sons ásperos ressoam. Mas que a mão do artista as vibre, que a alma do músico se derrame nelas, e do instrumento grosseiro do mendigo ignorante, ou do cego vagabundo, como do Stradivarius[53] divino, exalam-se ais, vozes humanas, suspiros e acentos entrecortados de lágrimas.

MACÁRIO

Oh! sim! Se na vida há uma coisa real e divina é a arte — e na arte se há um raio do céu é na música. Na música que nos vibra as cordas da alma, que nos acorda da modorra da existência a alma embotada. Oh! é tão doce sentir a voz vaporosa que trina, que nos enleva e que parece que nos faz desfalecer, amar e morrer!

PENSEROSO

E é tão doce amar! Eu amei, eu amo muito. Sabe Deus as noites que me ajoelho pensando nela!... A brisa bebe meus suspiros, e minhas lágrimas silenciosas e doces orvalham meu rosto.

---

[53] Stradivarius: violino de excelente qualidade sonora. O nome vem do fabricante italiano Antonio Stradivari (1644-1737).

MACÁRIO

Oh! o amor! e por que não se morre de amor! Como uma estrela que se apaga pouco a pouco entre perfumes e nuvens cor-de-rosa, por que a vida não desmaia e morre num beijo de mulher? Seria tão doce inanir e morrer sobre o seio da amante enlanguescida! No respirar indolente de seu colo confundir um último suspiro!

PENSEROSO

Amar de joelhos, ousando a medo nos sonhos roçar de leve num beijo os cílios dela, ou suas tranças de veludo! Ousando a medo suspirar seu nome! Esperando a noite muda para contá-lo à lua vagabunda!

MACÁRIO

Morrer numa noite de amor! Rafael no seio de sua Fornarina[54]... Nos lábios perfumados da italiana, adormecer sonolento... dormir e não acordar!

PENSEROSO

Que tens? Estás fraco. Senta-te junto de mim. Repousa tua cabeça no meu ombro. O luar está belo, e passaremos a noite conversando em nossos sonhos e nossos amores...

MACÁRIO *(Desfalecendo.)*

Tudo se escurece... Não sentes que tudo anda à roda?... Que vertigem!... Dá-me tua mão!... Sim. Enxuga minha fronte. Que suor!

PENSEROSO

Como estás abatido... Como empalideces! Ah! Como resvalas... Que tens, meu amigo?

MACÁRIO

Se eu pudesse morrer! *(Desmaia.)*

(Satã entra.)

SATÃ

Que loucura! Esse desmaio veio a tempo: seria capaz de lançar-se à torrente. Porque amou, e uma bela mulher o embriagou no seu seio, querer morrer!

(Carrega-o nos braços.)

---

[54] *Fornarina*: título de um quadro do pintor italiano Rafael Sanzio (1848-1520). No contexto, compara-se a pintura ao sorriso de Mona Lisa.

Vamos... E como é belo descorado assim! com seus cabelos castanhos em desordem, seus olhos entreabertos e úmidos, e seus lábios feminis! Se eu não fora Satã, eu te amaria, mancebo...

(Vai levá-lo.)

PENSEROSO

Quem és tu? Deixa-o... eu o levarei.

SATÃ

Quem eu sou? que te importa? Vou deitá-lo num leito macio. Daqui a pouco seu desmaio passará. É um efeito do ar frio da noite sobre uma cabeça infantil ardente de febre. Adeus, Penseroso.

PENSEROSO

Quem és tu, desconhecido, que sabes meu nome?

MACÁRIO E SATÃ

MACÁRIO

Tenho tédio, Satã! Aborreces-me como se aborrecem as amantes esquecidas.

SATÃ

Tens cartas aí? Joguemos. Que queres? a ronda, a barca, o lasquenet?

MACÁRIO

Sou infeliz no jogo. Queimo-me e perco. Quando aposto e perco, tenho uns desejos de atirar com as cartas à cara do banqueiro.

SATÃ

Pois eu jogo, perco e gosto de jogar. É que somos como Adão e Eva, *os ex ossibus, caro ex carne*[55]. A propósito de jogo, queres que te conte uma história?

MACÁRIO

Mentirosa ou verdadeira?

---

[55] Na Bíblia (Gênesis 2, 23), a frase de Adão empregada em referência a Eva é "*Hoc nunc, os ex ossibus meis, et caro de carne mea*" ("Eis aqui agora o osso de meus ossos e a carne da minha carne").

SATÃ

É o que não importa: nem mais nem menos que as Mil e Uma Noites. Um dia deu-me à lua para virar a cabeça de uma moça. Meti-me no paletó de um mancebo; pálido, alumiado de seus sonhos de poeta, transbordando de orgulho: no mais nem feio nem bonito, tinha olhos pardos, o cabelo longo em anéis e a barba luzente como cetim. O moço tinha uma amante. Era uma moça bonita, morena, de olhos muito lânguidos e muito úmidos; o que tinha de mais melindroso era a boquinha de rosa e mãozinhas as mais suaves do mundo.

MACÁRIO

Tua história é velha como o dilúvio. É difusa como um folhetim.

SATÃ

Estás maçante como Falstaff[56] bêbedo. Não importa. Quero alegrar-te um pouco. A história é divertida. Podia-se bem torneá-la num volume em 8º com estampas e retrato do autor, com a competente carta-prólogo de moda. Mas escuta: sou mais fiel que os... Sermonistas, *serei breve* o mais possível. Ora, a amante tinha uma irmã. Pálida e suave como a mais bela das amantes de Filipe II: era o retrato vivo da Calderona[57]. Eram aquelas pálpebras rasgadas è espanhola, uns olhos negros cheios de fogo meridional, o seio adormecido. Acrescenta a essa imagem que a moça era virgem como um botão de rosa... Fazia sonhar a amante do rei quando seminua, sentada sobre as bordas do leito, repousando a mão sobre a face, sentia as lágrimas do amor e da saudade banharem-lhe os olhos ao luar. Isto que te digo o moço o pensou. Foi um nunca findar de versos, de passeios românticos pelos vales, pela encosta das montanhas, um inteiro viver e morrer por ela, como ele o dizia nalgum soneto... Vês que torno-me poético... Quando vi o moço com a cabeça tonta, revolvendo-se pálido nos seus delírios esperançosos, à fé de bom Diabo que sou, interessei-me por ele. Demais, pareciam morrer um pelo outro. Os apertos de mãos a furto, os olhares cheios de languidez, tudo isso parece que azoinou a mente virginal da donzela. Uma noite na sombra, a medo beijaram-se. Aquele beijo tinha amor e loucura nos lábios. O moço perdeu-se de amor. Escreveu-lhe uma carta: transbordou aí todas as suas poesias, toda a febre de seu devaneio... Não te rias, é d'estilo, Macário. O que há de mais sério e risível que o amor? As falas de Romeu ao luar, os suspiros de Armida[58], os sonetos de Petrarca[59] tomados ao sério dão desejos de gargalhar...

---

[56] Falstaff: personagem do drama histórico de Shakespeare *Henrique IV* e de sua comédia *As alegres comadres de Windsor*.

[57] Maria Calderona: célebre comediante espanhola do século XVII que teria tido um romance com o rei Filipe IV.

[58] Armida: uma das heroínas de *Jerusalém libertada*, poema épico de Torquato Tasso (1544-95).

[59] Francesco Petrarca (1304-74): poeta humanista italiano.

A partilha estava proposta, as paradas feitas, e eu, para assegurar o jogo, tinha chumbado os dados. Era de apostar a minha cabeça contra a de um santo, todas as mulheres belas da terra por uma bruxa.

MACÁRIO

Adivinho... ganhaste?

SATÃ

Que sofreguidão! Não contava com o anjo da guarda da moça. Fez umas cócegas na criancice da virgem, e lá se vai ela toda chorosa levar a carta à irmã... O tal anjo que sabia orelhar a sua sota bifou-me o jogo, velhaqueou com o velhaco, surripiou os dados, e numa risada inocente chuleou-me a parada.

MACÁRIO

Pobre moça!

SATÃ

E o rapaz que perdeu as suas ilusões... Mas quero desforra.

MACÁRIO

Desforra? tomas duas vezes.

SATÃ

É doloroso. Mas o mundo é do diabo, assim como o céu é dos tolos. Falam de convento. Querem cortar os cabelos negros da moça e cosê-la na mortalha da freira. Ora pois, se consigo ao mesmo tempo virar a cabeça da moça e da freira, mandar o anjo limpar a mão à parede, as Santas que lhe peguem com um trapo quente. Demais a partida começou.

MACÁRIO

E ela quer?

SATÃ

Isso de mulheres, nem eu, que sou o Diabo, as entendo. Quem entende o vento, as ondas e o murmurar das folhas? A mulher é um elemento. A Santa mais santa, a virgem mais pura, há instantes em que se daria a Quasímodo[60]; e Messalina era capaz de enjeitar Romeu ou Don Juan. Mas enfim... Macário?

---

[60] Quasímodo: personagem do romance histórico de Victor Hugo *O corcunda de Notre-Dame*, que narra a sua tragédia como o corcunda e seu amor pela bela cigana Esmeralda.

MACÁRIO *(Dormindo.)*

Hum!

SATÃ

Dorme como um cão. Boa noite, minha criança. Vou fazer uma visita a uma bela da vizinhança que anda regateando o que lhe resta de alma para ser moça três dias. — Até lá dará meia-noite.

MACÁRIO, PENSEROSO

MACÁRIO

Que ideia rola no teu cérebro inflamado, meu poeta... Como um ramo despido de folhas que se dobra ao peso de um bando de aves da noite, por que sua cabeça se inclina ao peso dos pensamentos?

PENSEROSO

E contudo eu amei-a! eu amei tanto... Sagrei-a no fundo de minha alma a rainha das fadas, e ressumbrei nela o anjo misterioso que me havia de conduzir adormecido no seu batel mágico a um mundo maravilhoso de amores divinos. Se fui poeta, se pedi a Deus os delírios da inspiração, foi para encantar com seu nome as cordas doiradas do alaúde, para votar nos seus joelhos as páginas de oiro de meus poemas, e semear o seu caminho dos loiros da minha glória!

MACÁRIO

Oh! acordar como Julieta com seu Romeu pálido no seio, com a cabeça romântica ainda doirada do último reflexo do crepúsculo da vida, acordar dos sonhos de noiva no sudário da morte, com os goivos murchos dos finados na fronte em vez da coroa nupcial cheirosa da amante de Romeu! Apertá-lo embalde ao seio ardente, banhar-lhe de lágrimas de fogo as faces pálidas, e de beijos os lábios frios, e procurar-lhe insana pelos lábios um derradeiro assomo de vida ou uma gota de veneno para ela. É duro, é triste! é um caso que merece as lágrimas mais doloridas dos olhos. Mas dói ainda mais fundo acordar dos sonhos esperançosos com o cadáver frio das esperanças sobre o peito! Pobre Penseroso! Amaste um instante que foi tua vida como Julieta e como Romeu e não tiveste a conversa ao luar no jardim de Capuleto, não tremeste nas falas amorosas da primeira noite de amor, e não soubeste que doces que são os beijos da longa despedida, e o pensar que não são as aves da manhã, mas o rouxinol do vale quem gorjeia nas romeiras, que o revérbero de lua branca nas nuvens do Oriente, e o apagar das estrelas não crespusculava o dia, e crer na vida em si e numa mulher com as mãos de uma pálida amante sobre o coração!

PENSEROSO

Por ela fui pedir à solidão os murmúrios, fui abrir meu coração aos hálitos moribundos do crepúsculo, ajoelhei-me junto das cruzes da montanha, e no sussurro das aves que adormeciam, no cintilar das primeiras estrelas da noite, na gaza transparente e purpurina que desdobrava seu véu luminoso por entre as sombras do vale... em toda essa natureza bela que dormia fui escutar as vozes íntimas do amor, e meu peito acordou-se cantando e sonhando com ela!

MACÁRIO

Tenho pena de ti. Mas consola-te. Que valem as lágrimas insensatas? Todas elas são assim. Eu também chorei, mas como as gotas que porejam da abóbada escura das cavernas, essas lágrimas ardentes deixaram uma crosta de pedra no meu coração. Não chores. Vem antes comigo. Geórgio dá hoje uma ceia: uma orgia esplêndida como num romance. Teremos os vinhos da Espanha, as pálidas voluptuosas da Itália, e as americanas morenas, cujos beijos têm o perfume vertiginoso das magnólias e o ardor do sangue meridional. Não há melhor túmulo para a dor que uma taça cheia de vinho ou uns olhos negros cheios de languidez.

PENSEROSO

Não — vai só. — Se tu soubesses no que eu penso e no que tenho pensado! Enquanto eu falo minha alma desvaria, e a minha febre devaneia. Sonhei sangue no peito dela, sangue nas minhas mãos, sangue nos meus lábios, no céu, na terra... em tudo! Pareceu-me que tremia nas escadas bambas do cadafalso... senti a risada amarela do homem da vingança... depois minha cabeça escureceu-se... Pensei no suicídio... Macário, Macário, não te rias de mim! como o vagabundo, que se debruça sobre um precipício sem fundo, senti a vertigem regelar meus cabelos hirtos e um suor de medo banhar minha fronte... tenho medo!... Sou um doido, Macário, eu o sei. Que longa vai essa noite! A lua avermelhada não lança luz no céu escuro; nem a brisa no ar; é uma noite de verão, ardente como se a natureza também tivesse a febre que inflama meu cérebro!...

NUMA SALA

Sobre a mesa livros de estudo. Penseroso encostado na mesa. Macário fumando.

PENSEROSO

Li o livro que me deste, Macário... Li-o avidamente. Parece que no coração humano há um instinto que o leva à dor como o corvo ao cadáver. Aquele poema é frio como um cadáver. É um copo de veneno. Se aquele livro não é um jogo de imaginação, se o ceticismo ali não é máscara de comédia, a alma daquele homem é daquelas mortas em vida, onde a mão do vabagundo podia semear sem susto as flores inodoras da morte.

MACÁRIO

E o ceticismo não tem a sua poesia?... O que é a poesia, Penseroso? Não é porventura essa comoção íntima de nossa alma com tudo que nos move as fibras mais íntimas, com tudo que é belo e doloroso?... A poesia será só a luz da manhã cintilando na areia, no orvalho, nas águas, nas flores, levantando-se virgem sobre um leito de nuvens de amor, e de esperança? Olha o rosto pálido daquele que viu, como a Níobe[61], morrerem uma por uma, feridas pela mão fatal que escreveu a sina do homem, suas esperanças nutridas da alma e do coração... e dize-me se no riso amargo daquele descrido, se na ironia que lhe cresta os beiços não há poesia como na cabeça convulsa do Laocoonte[62]. As dores do espírito confrangem tanto um semblante como aquelas da carne. Assim como se cobre de capelas de flores a cruz de uma cova abandonada, por que não derramar os goivos da morte no cemitério das ilusões da vida? A natureza é um concerto cuja harmonia só Deus entende, porque só ele ouve a música que todos os peitos exalam. Só ele combina o canto do corvo e o trinar do pintassilgo, as nênias do rouxinol e o uivar da fera noturna, o canto de amor da virgem na noite do noivado, e o canto de morte que na casa junta arqueja na garganta de um moribundo. Não maldigas a voz rouca do corvo: — ele canta na impureza um poema desconhecido, poema de sangue e dores peregrinantes como a do bengali é de amor e ventura! Fora loucura pedir vibrações a uma harpa sem cordas, beijos à donzela que morreu, fogo a uma lâmpada que se apaga. Não peças esperanças ao homem que descrê e desespera.

---

61 Níobe: personagem da mitologia grega que, orgulhosa de sua fecundidade, insulta Latona, mãe de Apolo e Diana.

62 Laocoonte: na mitologia grega, sacerdote de Apolo que adverte os troianos sobre o simulacro do cavalo de Troia.

PENSEROSO

Macário! e ele tão velho, teve tantos cadáveres que apertar nos braços nas horas de despedida, que o seu sangue se gelasse, e seus nervos que não dormem precisassem do ceticismo, como Paganini do ópio para adormecer? Por que foi ele banhar sua fronte juvenil na vertigem dos gotos amaldiçoados? Com as mãos virgens, porque vibrou o alaúde lascivo esquecido num canto do lupanar? É um livro imoral: por que esse lupanar? É um livro imoral: por que esse moço entregou-se delirante a essa obra noturna de envenenamento?

Não te rias, Macário: pobre daquele que não tem esperanças; porém maldito aquele que vai soprar as cinzas de sua esterilidade sobre a cabeça fecunda daquele que ainda era puro! O coração é um oceano que o bafejar de um louco pode turvar, mas a quem só o hálito de Deus aplaca as tormentas.

Esperanças! e esse descrido não palpita de entusiasmo no rodar do carro do século, nos alaridos do progresso, nos hosanas do industrialismo laurífero? não sente ele que tudo se move, que o século se emancipa e a cruzada do futuro se recruta? Não sonha ele também com esse Oriente para onde todos se encaminham sedentos de amor e de luz?

Esperanças! e esse americano não sente que ele é o filho de uma nação nova, não a sente o maldito cheia de sangue, de mocidade e ver-

dor? Não se lembra que seus arvoredos gigantescos, seus oceanos escumosos, os seus rios, suas cataratas, que tudo lá é grande e sublime? Nas ventanias do sertão, nas trovoadas do sul, no sussurro das florestas à noite não escutou nunca os prelúdios daquela música gigante da terra que entoa a manhã a epopeia do homem e de Deus? Não sentiu ele que àquela sua nação infante que se embala nos hinos da indústria europeia como Júpiter nas cavernas do Ida[63] ao alarido do Coribantes[64] — tem futuro imenso?

Esperanças! não tê-las quando todos as têm: quando todos os peitos se expandem como as velas de uma nau, ao vento do futuro! Por que antes não cantou a sua América como Chateaubriand[65] e o poeta de Virgínia, a Itália como a Mignon[66] de Goethe, o Oriente como Byron, o amor dos anjos como Thomas Moore[67], o amor das virgens como Lamartine[68]?

---

[63] Ida: designa uma serra na ilha de Creta, a caverna onde Zeus foi criado pela ninfa Ida.

[64] Coribantes: na mitologia greco-romana, sacerdotes de Cibele que, em rituais sagrados, dançam ao som de flautas e címbalos.

[65] François-René Chateaubriand (1768-1848): escritor e ensaísta francês, um dos principais iniciadores do romantismo.

[66] Mignon: referência ao personagem do poema homônimo de Goethe no romance *Os anos de aprendizado de Wilhelm Meister*.

[67] Thomas Moore (1779-1852): poeta inglês, autor do poema *Lalla Rook*.

[68] Alphonse de Lamartine (1790-1869): um dos principais representantes do romantismo francês.

MACÁRIO

Muito bem, Penseroso. Agora cala-te: falas como esses oradores de lugares-comuns que não sabem o que dizem. A vida está na garrafa de conhaque, na fumaça de um charuto de Havana, nos seios voluptuosos da morena. Tirai isso da vida — o que resta? Palavra de honra que é deliciosa a água morna de bordo de vossos navios! que têm um aroma saudável as máquinas de vossos engenhos a vapor! que embalam num *far niente*[69] balsâmico os vossos cálculos de comércio! Não sabeis da vida. Acende esse charuto, Penseroso, fuma e conversemos.

Falas em esperanças. Que eternas esperanças que nada parem! O mundo está de esperanças desde a primeira semana da criação... e o que tem havido de novo? Se Deus soubesse do que havia de acontecer, não se cansava em afogar homens na água do dilúvio, nem mandar crucificar, macilenta e ensanguentada, a imagem de seu Cristo divino. O mundo hoje é tão devasso como no tempo da chuva de fogo de Sodoma. Falais na indústria, no progresso? As máquinas são muito úteis, concordo. Fazem-se mais palácios hoje, vendem-se mais pinturas e mármores, mas a arte degenerou em ofício e o gênio suicidou-se.

Enquanto não se inventar o meio de ter mocidade eterna, de poder amar cem mulheres numa noite, de viver de música e perfumes, e de saber-se a palavra mágica que fará recuar das salas do banquete universal o espectro da morte... antes disso, pouco tereis adiantado.

Dizes que o mundo caminha para o Oriente. Não serei eu, nem o sonhador daquele livro que ficaremos no caminho. O harém, os cavalos da Arábia, o ópio, o *hatchiz*[70], o café de Moka, e o latakiá[71] são coisas soberbas!

A poesia morre: deixá-la que cante seu adeus de moribunda. Não escutes essa turba embrutecida no plagiar e na cópia. Não sabem o que dizem esses homens que para apaixonar-se pelo canto esperam que o hosana da glória tenha saudado o cantor. São estéreis em si como a parasita. Músicos — nunca serão Beethoven nem Mozart. Escritores — todas as suas garatujas não valerão um terceto do Dante. Pintores — nunca farão viver na tela uma carnação de Rubens[72] ou erguer-se no fresco um fantasma de Michelangelo. É a miséria das misérias! Como uma esposa árida tressuam e esforçam-se debalde para conceber. Todos os dias acordam de um sonho mentiroso em que creram sentir o estremecer do feto nas entranhas reanimadas.

---

[69] Em italiano. Tradução: "ócio".

[70] *Hatchiz*: haxixe, espécie de ópio ou maconha.

[71] Latakiá: termo que designa uma variedade de tabaco do Oriente.

[72] Petrus Paulus Rubens (1577-1640): pintor alemão de tradição flamenga.

Falam nos gemidos da noite no sertão, nas tradições das raças perdidas da floresta, nas torrentes das serranias, como se lá tivessem dormido ao menos uma noite, como se acordassem procurando túmulos, e perguntando como Hamlet no cemitério a cada caveira do deserto o seu passado.

Mentidos! Tudo isso lhes veio à mente lendo as páginas de algum viajante que se esqueceu talvez de contar que nos mangues e nas águas do Amazonas e do Orenoco há mais mosquitos e sezões[73] do que inspiração: que na floresta há insetos repulsivos, répteis imundos; que a pele furta-cor do tigre não tem o perfume das flores... que tudo isto é sublime nos livros, mas é soberanamente desagradável na realidade!

Escuta-me ainda. O autor deste livro não é um velho. Se não crê é porque o ceticismo é uma sina ou um acaso, assim como é às vezes um fato de razão. As cordas daquela lira foram vibradas por mãos de moço, mãos ardentes e convulsas de febre... talvez de inspiração...

Foi talvez um delírio, mas foi da cabeça e do coração que se exalaram aqueles cantos selvagens. Foi numa vibração nervosa, com o sangue a galoupar-lhe febril pelas veias, com a mente ébria de seu sonho ou do seu pesadelo que ele cantou. Se as fibras da harpa desafinam, se a mão ríspida as estala, se a harpa destoa, é que ele não pensou nos versos quando pensava na poesia, é que ele cria

e crê que a estância é uma roupa como outra — apenas, como o diz George Sand[74] — a arte é um manto para as belezas nuas: é que ele preferira deixar uma estátua despida, a pespontar de ouro uma túnica de veludo para embuçar um manequim. É que ele pensa que a música do verso é o acompanhamento da harmonia das ideias e ama cem vezes mais o Dante com sua versificação dura, os rasgos de Shakespeare com seus versos ásperos, do que os alexandrinos feitos a compasso de Sainte-Beuve[75] ou Turquety[76].

PENSEROSO

Tudo isso nada prova. É uma poesia, concordo: mas é uma poesia terrível. É um hino de morte sem esperança do céu, como o dos fantasmas de Jean Paul Richter[77]. É o mundo sem a luz, como no canto da Treva. É o ateísmo como na "Rainha Mab" de Shelley[78]. Tenho pena daqueles que se embriagam com o vinho do ceticismo.

---

[73] Sezão: febre intermitente ou cíclica.

[74] George Sand (1804-76): pseudônimo de Aurore-Lucile Dupin, escritora francesa, autora, entre outros, do romance *Lélia*, por quem Álvares de Azevedo nutria profunda admiração.

[75] Sainte-Beuve (1804-69): poeta e crítico literário francês.

[76] Édouard Turquety (1807-67): poeta do romantismo francês.

[77] Jean Paul Richter (1763-1825): escritor do romantismo alemão.

[78] Percy Shelley (1792-1822): ao lado do amigo Byron, um dos principais poetas do romantismo inglês. Seu poema "Rainha Mab" nega a ortodoxia cristã.

MACÁRIO

Amanhã pensarás comigo. Eu também fui assim. O tronco seco sem seiva e sem verdor foi um dia o arvoredo cheio de flores e de sussurro.

PENSEROSO

Não crer! e tão moço! Tenho pena de ti.

MACÁRIO

Crer? e no quê? No Deus desses sacerdotes devassos? desses homens que saem do lupanar quentes dos seios da concubina, com sua sotaina preta ainda alvejante do cotão do leito dela para ir ajoelhar-se nos degraus do templo! Crer no Deus em que eles mesmos não creem, que esses ébrios profanam até do alto da tribuna sagrada?

PENSEROSO

Não falemos nisto. Mas o teu coração não te diz que se nutre de fé e de esperanças?

MACÁRIO

A filosofia é vã. É uma cripta escura onde se esbarra na treva. As ideias do homem o fascinam, mas não o esclarecem. Na cerração do espírito ele estala o crânio na loucura ou abisma-se no fatalismo ou no nada.

PENSEROSO

Não; não é o filosofismo que revela Deus. A razão do homem é incerta como a chama desta lâmpada: não a excites muito, que ela se apagará.

MACÁRIO

Só restam dois caminhos àquele que não crê nas utopias do filósofo. O dogmatismo ou o ceticismo.

PENSEROSO

Eu creio porque creio. Sinto e não raciocino.

MACÁRIO

Talvez seja a treva de meu corpo que escureça minha alma. Talvez um anjo mau soprasse no meu espírito as cinzas sufocadoras da dúvida. Não sei. Se existe Deus, ele me perdoará se a minha alma era fraca, se na minha noite lutei embalde com o anjo como Jacó, e sucumbi. Quem sabe? — eis tudo o que há no meu entendimento. Às vezes creio, espero: ajoelho-me banhado de pranto, e oro; outras vezes não creio, e sinto o mundo objetivo vazio como um túmulo.

PENSEROSO

Vê: o mundo é belo. A natureza estende nas noites estreladas o seu véu mágico sobre a Terra, e os encantos da criação falam ao homem de poesia e de Deus. As noites, o sol, o luar, as flores, as nuvens da manhã, o sorriso da infância, até mesmo a agonia consolada e esperançosa do moribundo ungido que se volta para Deus... tudo isso será mentira? As esperanças espontâneas, as crenças que um olhar de virgem nos infiltra, as vibrações unânimes das fibras sensíveis serão uma irrisão? O amor de tua mãe, as lágrimas do teu amor... tudo isso não te acorda o coração? Serás como essas harpas abandonadas cujas cordas roem a umidade e a ferrugem, e onde ninguém pode acordar uma harmonia? Por que estalaram? que dor profunda as rebentou? Quando tua alma ardente abria seus voos para pairar sobre a vida cheia de amor, que vento de morte murchou-te na fronte a coroa das ilusões, apagou-te no coração o fanal do sentimento, e despiu-te das asas da poesia? Alma de guerreiro, deu-te Deus porventura o corpo inteiriçado do paralítico? Coração de Romeu, tens o corpo do lazarento ou a fealdade de Quasímodo? Lira cheia de músicas suspirosas, negou-te a criação cordas argentinas? Oh! não! abre teu peito e ama. Tu nunca viste tua ilusão gelar-se na frente da amante morta, teu amor degenerar nos lábios de uma adúltera. Alma fervorosa, no orgulho de teu ceticismo não te suicides na atonia do desespero. A descrença é uma doença terrível; destrói com seu bafo corrosivo o aço mais puro: é ela quem faz de Rembrandt[79] um avarento, de Bocage[80] um libertino!... Para os peitos rotos, desenganados nos seus afetos mais íntimos, onde se sepultam como cadáveres todas as crenças, para esses aquilo que se dá a todos os sepulcros: uma lágrima! Aquele que jogou sua vida como um perdulário, que se eivou numa dor secreta, que sentiu cuspirem-lhe nas faces sublimes... esses que riam como Demócrito[81], duvidem como Pirro[82], ou durmam indiferentes no seu escárnio como Diógenes — o cínico[83], no seu tonel. A esses leva uma torrente profunda: revolvem-se na treva da descrença como Satã no infinito da perdição e do desespero! Mas nós, mas tu e eu que somos moços, que sentimos o futuro nas aspirações ardentes do peito, que temos a fé na cabeça e a poesia nos lábios, a nós o amor e a esperança: a nós o lago prateado da existência. Embalemo-nos nas

[79] Rembrant Hermas van Rijn (1606-69): pintor holandês.

[80] Manuel Maria de Barbosa du Bocage (1765-1805): poeta português, conhecido por suas poesias satíricas e eróticas.

[81] Demócrito (-360 a.C.): atomista pré-socrático que elaborou uma primeira tentativa de compreensão material do ser.

[82] Pirro (365-275 a.C.): primeiro dos grandes céticos gregos, negava ao homem o poder de conhecer a verdade.

[83] Diógenes, o cínico (404-323 a.C.): membro da escola ateniense cínica, fundada por Antístenes. Segundo se conta, Diógenes teria habitado um tonel de barro.

suas águas azuis, sonhemos, cantemos e creiamos! Se o poeta da perdição dos anjos nos conta o crime da criatura divina, liba-nos da despedida do Éden o beijo de amor que fez dos dois filhos da terra uma criatura, uma alma cheia de futuro. Se na primeira página da história da passagem do homem sobre a Terra há o cadáver de Abel, e o ferrete de Caim o anátema — naquelas tradições ressoa o beijo de mãe de Eva pálida sobre os lábios de seu filho!

MACÁRIO

Ilusões! O amor, a poesia, a glória... Ilusões! Não te ris tu comigo da glória como eu rio dela? A glória entre essa plebe corrupta e vil que só aplaude o manto do Tartufo[84] e apedreja as estátuas mais santas do passado! Glória! Nunca te lembras do Dante, de Byron, de Chatterton, o suicida[85]? E Verner poeta, sublime e febril também, morto de ceticismo e desespero sob sua grinalda de orgia? Glória! São acaso os loiros salpicados de lodo, manchados, descridos, cuspidos do poviléu, e que o futuro só consagra ao cadáver que dorme?

Escuta. Eu também amei. Eu também talvez possa amar ainda. Às vezes quando a mente se me embebe na melancolia, quando me passam na alma sonhos de homem que não dorme, e que chamam poesia, eu sinto ainda reabrir-se o meu peito a amores de mulher. Parece que, se aquela beleza de olhos e cabelos negros, de colo arquejante e flutuoso me deixasse repousar a cabeça sobre seu peito, eu poderia ainda viver e querer viver, e ter alento bastante para desmaiar ali na voluptuosidade pura de um espasmo, na vertigem de um beijo.

Mas o que me agita as fibras ainda é voluptuosidade — é o ademã de uma beleza lânguida, a sede insaciável do gozo.

São sonhos! sonhos, Penseroso! É loucura abrir tanto os véus do coração e essas brisas enlevadas que vêm tão sussurrantes de enleio, tão repassadas de aromas e beijos! É loucura talvez! E contudo quando o homem só vive deles, quando todas as portas se fecharam ao enjeitado... por que não ir bater na noite de febre no palácio da fada das imaginações? Põe a mão no meu coração. Tuas falas mo fizeram bater. Havia uma voz dentro dele que eu pensava morta, mas que estava só emudecida. Escuta-a. Há uma mulher em quem eu pensei noites e noites: que encheu minhas noites de insônia, meu sono de visões fervorosas, meus dias de delírio. Eu amei essa mulher. Eu a segui passo a passo na minha vida. Deite-me na calçada da rua defronte de sua janela, para ouvir a sua voz,

[84] Tartufo: protagonista da sátira religiosa *Tartufo*, do dramaturgo francês Molière (1622-73).

[85] Thomas Chatterton (1752-70): poeta inglês que compôs poesias de cunho medieval, fazendo com que acreditassem que teriam sido escritas por um monge do século XV. Desvendada a farsa, Chatterton suicida-se aos 17 anos.

para entrevê-la a furto branca e vaporosa, para respirar o ar que ela bebia, para sentir o perfume de seus cabelos e ouvir o canto de seus lábios. Eu amei muito essa mulher. E por vê-la uma hora ao pé de mim, seminua, embora fosse adormecida, só por vê-la, e por beijá-la de leve, eu daria minha vida inteira ao nada. E essa mulher, essa mulher...

PENSEROSO

Que tem, fala...

MACÁRIO

Adeus, Penseroso. Eu pensei que tu me acordavas a vida no peito. Mas a fibra em que tocaste e onde foste despertar uma harmonia é uma fibra maldita, cheia de veneno e de morte. Adeus, Penseroso. Ai daquele a quem um verme roeu a flor da vida como a Werther! A descrença é a filha enjeitada do desespero. Fausto é Werther que envelheceu, e o suicídio da alma é o cadáver de um coração. O desfolhar das ilusões anuncia o inverno da vida.

PENSEROSO

Aonde vais, aonde vais?

MACÁRIO

Aonde vou todas as noites. Vagarei à toa pelos campos até que o sono feche meus olhos e que eu adormeça na relva fria das orvalhadas da noite. Adeus.

A MESMA SALA

PENSEROSO *(Só, escreve.)*

Não escreverei mais: não. Calarei o meu segredo e morrerei com ele.

Esqueceu tudo! tudo! Esqueceu as noites solitárias em que eu estava a sós com ela, com sua mão na minha, com seus olhos nos meus. Esqueceu! Deus lhe perdoe. E se eu morro por ela, seja ela feliz!

Mas por que mentia se ela se ria de mim? Por que aqueles olhares tão lânguidos, aqueles suspiros tão doces? Por que sua mão estremecia nas minhas e se gelava quando eu a apertava? Por que naquela noite fatal, quando eu a beijei, ela escondeu seu rosto de virgem nas mãos, e as lágrimas corriam por entre seus dedos, e ela fugiu soluçando? *(Pensativo)*.

Ela não me ama... é certo. Nunca, nunca ela me teve amor: a ilusão morreu... Oh! não morrerei com ela? Ontem falei com Davi sobre o suicídio. Davi declamou, repetiu o que dizem esses homens sem irritabilidade de coração, que julgam que as palavras provam alguma coisa. Eu sorri. Davi é feliz: ele sim, nunca amará, não há-de sentir esse sentimento único e queimador absorver como uma casuarina toda a seiva do peito, alimentar-se de todas as esperanças, todas as ambições, todos os amores da Terra e do céu, dos homens e de Deus, para fazer de tudo isso uma única essência, para transubstanciar tudo isso no amor de uma mulher! E depois, quando esse amor morrer, achando o peito vazio como o de um esqueleto, não terá ânimo para adormecer no seio da morte!

Eis aí o veneno. Ó minha terra! Ó minha mãe! mais nunca te verei! Meu pai, meu santo pai! e tu, mãe de minha mãe que sentias por mim, cuja vida era uma oração por mim, que enxugavas tuas lágrimas nos teus cabelos brancos pensando no teu pobre neto! Adeus! Perdão! perdão!

Creio que chorei. Tenho a face molhada. A dor me enfraqueceria? Não! não! Não há remédio. Morrerei.

PÁGINAS DE PENSEROSO

Se há um homem que cresse no futuro, fui eu. Tive confiança no orgulho de meu coração e no gênio que sentia na minha cabeça. Eu sinto-o. Deus me fez poeta. Esse mundo, a natureza, as montanhas, o eflúvio luminoso das noites de luar, tudo isso me acordava vibrações, me revelava no peito cordas que nunca escutei senão nos poetas divinos, que nunca senti no peito cavernoso e vazio dos outros homens. Sou rico, moço, morrerei pouco mais velho que o desgraçado Chatterton. E por todo o meu futuro, minhas glórias, toda essa ambição imensa, essa sede fogosa de uma alma que não se sacia com os prazeres de convenção da vida suntuosa dos palácios esplêndidos, e das aclamações da fama, eu só queria seu peito junto do meu... sua mão na minha. O andrajo do miserável não me doeria se eu tivesse o manto de oiro do seu amor.

Oh! ela não me entendeu! Não merecia tamanho amor. Tomei-a nua, fria e bruta como o escultor uma pedra de mármore... a visão que vesti com a gaza acetinada das minhas ilusões, a estátua que despertei do seio da matéria, não estava aí. Estava no meu coração e só nele. Fi-la bela, dessa beleza divina que Deus me ressumbrou na alma de poeta. Talvez é assim — mas assim mesmo eu morro por ela... Amo-a como o pintor a sua Madona, como o escultor a sua Vênus, como Deus a sua criatura.

Era a única estátua da criação que se podia aviventar ao bafo ardente de meu peito. Não amei nunca outra mulher. Se o coração é um lírio que as paixões desfloram, sou ainda virgem; no deleite das minhas noites delirantes, tu o sabes, meu Deus, eu nunca amei!

E por que viver se o coração é morto? Se eu hoje dormisse sobre essa ideia, se eu pudesse adormecer no ócio e no tédio, seria isso ainda viver?

Viver era sentir, era amar, era crer que a ventura não é um sonho, e que eu tinha um leito de flores onde descansar da vida, onde eu pudesse crer que a glória, o futuro não valem um beijo de mulher!

Morrerei... Não posso trazer no peito o cadáver de minhas ilusões, como a infanticida o remorso a lhe tremer nas entranhas. Há doenças que não têm cura. A tempestade é violenta, e o cansado marinheiro adormeceu no seio da morte. Antes isso que a lenta agonia do desespero, do que esse corvo da descrença e da ironia que rói as fibras ainda vivas como um cancro.

E seria contudo tão bela a vida se ela me amasse! Oh! por que me traiu... Por que embalou-me nos seus joelhos, nos acentos mágicos da música dos anjos da esperança, do amor, para lançar-me na treva erma desse desalento e dessa saudade eivada de morte!

Viveríamos tão bem! Era tão fácil minha ventura! Por esses rios imensos da minha terra há tantas margens viçosas e desertas, cheias de flores e de berços de verdura, de retiros amenos, onde as aves cantam na primavera eterna do nosso céu, e as brisas suspiram tão docemente nas tardes purpurinas! Seríamos sós... sós... e essa solidão nós a povoaríamos com o mundo angélico do nosso amor! Nos crepúsculos de verão eu a levaria pelas montanhas a embriagar-se de vida nos aromas da terra palpitante, pelos vales ainda úmidos de orvalho e ao tom das águas sem pensar na vida, pensando só que o amor é o ouro dos rochedos brancos da existência, a estrela dos céus misteriosos, a palavra sacramental e mágica que rompe as cavernas do infinito e da ventura! Oh! deitado nos seus joelhos, ouvindo sua voz misturar-se ao silêncio do deserto, vendo sua face mais bela no véu luminoso e pálido do luar, como seria doce viver! Era assim que eu esperava amar, era assim que eu podia morrer sem saudades da vida, suspirando de amor! Sou um doido, meu Deus! Por que mergulhar mais o meu coração nessa lagoa venenosa das ilusões? Quero ter ânimo para morrer. Estalou-se nas minhas mãos o último ramo que me erguia sobre o abismo. Para que sonhar mais o que é impossível?

É ainda um sonho o que vou escrever.

Eu sonhei esta noite... e sonhei com ela... Era meio-dia na floresta. A sombra caía no ar calmososo..
....
....
..........................[86]

UMA RUA

PENSEROSO *(Pensando.)*

Tenho febre. É o efeito do veneno? Para que obre melhor tenho-o tomado aos poucos. Tenho às vezes estremecimentos que me gelam. Sinto um fogo no estômago, e as veias do meu cérebro parecem queimar o meu crânio e inundá-lo de sangue fervente. A cabeça me dói: às vezes parece-me que os ossos do meu crânio estalam, a minha vista se escurece e meus nervos tremem... meu coração parece abafado e palpita ansioso... a respiração piração me custa. Oh! custa tanto morrer!

O DOUTOR LARIUS *(Passando a cavalo.)*

Penseroso! Penseroso! Aonde vais tão pálido?

PENSEROSO

Doutor, bom dia. Acha-me pálido?

O DOUTOR

Como tua mão está ardente! Como tua testa queima! Tens febre, Penseroso.

PENSEROSO

Tenho febre, não é assim? Ponha a mão no meu coração, veja como bate!

O DOUTOR

Como teu peito está úmido de suor! Como pulsa teu coração! Penseroso, Penseroso! o que tens, meu amigo?

PENSEROSO

O que tenho? não tenho nada — absolutamente nada... Adeus, doutor.

[86] Os autores românticos costumavam usar linhas pontilhadas para marcar momentos diferentes do texto. Esse recurso não indica a supressão de algum trecho e aparece muitas vezes ao longo dos textos de Álvares de Azevedo.

O DOUTOR

Aonde vais? O sol está ardente, e tens febre. Descansemos aqui na sombra. Ou então vamos para casa e deita-te.

PENSEROSO

Sim. Adeus, doutor. *(Vai-se apressado.)*

O DOUTOR

Penseroso! Penseroso!

UMA SALA

Num canto da sala, junto do piano, Penseroso só com a italiana. Ouve-se o falar confuso partindo de outros lados da sala. Risadas, murmúrios de homens e mulheres que conversam.

PENSEROSO

Adeus, senhora, eu me vou. Adeus, mas ao menos dai-me um olhar de compaixão para que se eu morrer de abandono, não morra sem uma bênção — e o vosso olhar é uma bênção!

A ITALIANA

Que dizeis, senhor Penseroso?

PENSEROSO

Sim... não me entendeis: eu sou um insensato. Pobre daquele a quem não compreendem!

A ITALIANA

Por que o dizeis? Não, vos prometi a minha mão? Por quem se espera no altar? É por mim? Não, Penseroso, é pela vontade de teu pai... Não te dei eu minha alma, assim como te darei o meu corpo?

PENSEROSO

O virgem! se acaso um só momento de tua vida tu consagraste um suspiro ao desgraçado, se um só momento tu o amaste, ah! que Deus em paga desse instante te dê um infinito de ventura!

A ITALIANA

Penseroso! Que tens? Nunca te vi assim. Eras pensativo e estás sombrio. Eras melancólico e estás triste... Que tens, que me não confias? Não sou eu tua noiva?

PENSEROSO

Ó senhora! Se uma eternidade se pode comprar por um sonho, o sonho que me embalou na minha existência bem valera ser comprado por uma eternidade!

A ITALIANA

O teu sonho é o meu... é o nosso amor... a minha vida por ti, a tua vida por mim: nós dois formando um único ser, uma única alma, um mundo de delícias e de mistério só para nós e por nós!

PENSEROSO

Oh! sonhar e acordar!

A ITALIANA

Então...

PENSEROSO

Meu Deus! meu Deus! perdoai-me. Adeus! adeus! *(Com os olhos em lágrimas.)* Quem sabe se não será para sempre? *(Sai.)*

A ITALIANA *(Empalidecendo.)*

Para sempre? Ah!

O QUARTO DE PENSEROSO

PENSEROSO *(Só.)*

Ela não me ama. Que importa? eu lho perdoo. Perdoo a leviandade daquela criança pura e santa que me leva ao suicídio... Oh! se eu pudesse vê-la ainda!

Passeei toda a noite pelo campo que se estende junto à casa dela. Vi as luzes apagarem-se uma por uma. Só o quarto dela ficava iluminado. Havia ser muito tarde quando a luz se apagou. Pareceu-me ver ainda depois uma imagem branca encostada na janela...

Coitada! ela não sabe que eu estava ali, a seus pés, com o desespero n'alma, e o veneno no peito, cheio de desejos e de morte, cheio de saudades e de desesperança!

Vaguei toda a noite. Quando acordei estava muito longe. Assentei-me à beira do caminho. A meus pés se estendia o precipício coberto de ervaçal...

À direita, longe numa lagoa saíram os primeiros raios do dia. O orvalho reluzia nas folhas das árvores antigas do caminho, em cuja sombra imensa acordavam os passarinhos cantando...

Perdoai-me, meu Deus! talvez seja uma fraqueza o suicídio: por que será um crime ao pobre louco sacrificar os seus sonhos da vida?..
....

Este cordão de cabelos quero que seja entregue a ela: são cabelos de minha mãe... de minha mãe que morreu. Trouxe-os sempre no meu peito. Quero que ela os beije às vezes e lembre-se de mim
....
....

Esse amor foi uma desgraça. Foi uma sina terrível. Ó! meu pai! ó minha segunda mãe! ó meus anjos! meu céu! minhas campinas! É tão triste morrer!..
....

Ah! que dores horríveis! tenho fogo no estômago... Minha cabeça se sufoca... Ar! ar! preciso de ar!... Eu te amei, eu te amei tanto!... *(Desmaia.)*

HUBERTO *(Entrando.)*

Penseroso! Que tens? Que convulsão! Ah! é uma agonia! Depressa, depressa, chamem alguém... O Dr. Larius... Ó! meus companheiros, socorrei nosso amigo... Penseroso, morre! Davi! Davi! onde está Davi?

UMA VOZ

Está caçando.

HUBERTO

E Macário, onde está também?

A VOZ

Tomou ontem uma bebedeira. Está ébrio como uma cabra.

À PORTA DE UMA TAVERNA

Macário vai saindo e encontra Satã.

SATÃ

Aonde vais?

MACÁRIO

Sempre tu, maldito!

SATÃ

Aonde vais? Sabes de Penseroso?

MACÁRIO

Vou ter com ele.

SATÃ

Vai, doudo, vai! que chegarás tarde! Penseroso morreu.

MACÁRIO

Mataram-no!

SATÃ

Matou-se.

MACÁRIO

Bem.

SATÃ

Vem comigo.

MACÁRIO

Vai-te.

SATÃ

És uma criança. Ainda não saboreaste a vida e já gravitas para a morte. O que te falta? Ouro em rios? eu to darei. Mulheres? tê-las-ás virgens, adúlteras ou prostitutas. O amor? dar-te-ei donzelas que morram por ti e realizem na tua fronte os sonhos de seu histerismo... Que te falta?

MACÁRIO

Vai-te, maldito!...

SATÃ *(Afastando-se.)*

Abrir a alma ao desespero é dá-la a Satã. Tu és meu. Marquei-te na fronte com meu dedo. Não te perco de vista. Assim te guardarei melhor. Ouvirás mais facilmente minha voz partindo de tua carne que entrando pelos teus ouvidos.

UMA RUA

Macário e Satã de braços dados.

SATÃ

Estás ébrio? Cambaleias.

MACÁRIO

Aonde me levas?

SATÃ

A uma orgia. Vais ler uma página da vida cheia de sangue e de vinho — que importa?

MACÁRIO

É aqui, não? Ouço vociferar a saturnal lá dentro.

SATÃ

Paremos aqui. Espia nessa janela.

MACÁRIO

Eu vejo-os. É uma sala fumacenta. À roda da mesa estão sentados cinco homens ébrios. Os mais revolvem-se no chão. Dormem ali mulheres desgrenhadas, umas lívidas, outras vermelhas... Que noite!

SATÃ

Que vida! não é assim? Pois bem! escuta, Macário. Há homens para quem essa vida é mais suave que a outra. O vinho é como o ópio, é o Letes[87] do esquecimento... A embriaguez é como a morte...

MACÁRIO

Cala-te. Ouçamos.

[87] Rio Letes: pela mitologia clássica, os mortos, após se banharem nele, esquecem-se da existência anterior.

NOITE NA TAVERNA

How now, Horatio? you tremble, and look pale.
Is not this something more than fantasy?
What think you of it[1]*?*

Shakespeare, *Hamlet*, ato I

[1] Em inglês. Tradução: "Então, Horácio? Estás tremendo e pareces pálido. / Não é isso mais do que simples ilusão? / Que pensas?".

JOB STERN[2]

I. UMA NOITE DO SÉCULO

Bebamos! nem um canto de saudade!
Morrem na embriaguez da vida as cores!
Que importam sonhos, ilusões desfeitas?
Fenecem como as flores!
José Bonifácio

– Silêncio! Moços! acabai com essas cantilenas horríveis! Não vedes que as mulheres dormem ébrias, macilentas como defuntos? Não sentis que o sono da embriaguez pesa negro naquelas pálpebras onde a beleza sigilou os olhares da volúpia?

– Cala-te, Johann! enquanto as mulheres dormem e Arnold o loiro cambaleia e adormece murmurando as canções de orgia de Tieck[3], que música mais bela que o alarido da saturnal? Quando as nuvens correm negras no céu como um bando de corvos errantes, e a lua desmaia como a luz de uma lâmpada sobre a alvura de uma beleza que dorme, que melhor noite que a passada ao reflexo das taças?

– És um louco, Bertram! não é a lua que lá vai macilenta: é o relâmpago que passa e ri de escárnio às agonias do povo que morre... aos soluços que seguem as mortalhas do cólera!

– O cólera! e que importa? Não há por ora vida bastante nas veias do homem? não borbulha a febre ainda as ondas do vinho? não reluz em todo o seu fogo a lâmpada da vida na lanterna do crânio?

– Vinho! vinho! Não vês que as taças estão vazias e bebemos o vácuo, como um sonâmbulo?

– E o fichtismo[4] na embriguez! Espiritualista, bebe a imaterialidade da embriaguez!

– Oh! vazio meu copo está vazio! Olá taverneira, não vês que as garrafas estão esgotadas? Não sabes, desgraçada, que os lábios da garrafa são como os da mulher: só valem beijos enquanto o fogo do vinho ou o fogo do amor os borrifa de lava?

---

[2] Job Stern: nome com que Álvares de Azevedo designa o narrador de *Noite na taverna*. O mesmo recurso foi utilizado em *Macário*, com o narrador Puff.

[3] Ludwig Tieck (1773-1853): escritor alemão, um dos criadores do herói romântico contraditório.

[4] Fichtismo: referência ao sistema filosófico idealista do alemão Johann Gottlieb Fichte (1762-1814).

– O vinho acabou-se nos copos, Bertram, mas o fumo ondula ainda nos cachimbos! Após os vapores do vinho os vapores da fumaça! Senhores, em nome de todas as nossas reminiscências, de todos os nossos sonhos que mentiram, de todas as nossas esperanças que desbotaram, uma última saúde! A taverneira aí nos trouxe mais vinho: uma saúde! O fumo e a imagem do idealismo, e o transunto de tudo quanto há mais vaporoso naquele espiritualismo que nos fala da imortalidade da alma! e pois, ao fumo das Antilhas, a imortalidade da alma!

– Bravo! bravo!

Um urra tríplice respondeu ao moço meio ébrio.

Um conviva se ergueu entre a vozeria: contrastavam-lhe com as faces de moço as rugas da fronte e a rouxidão dos lábios convulsos. Por entre os cabelos prateava-se-lhe o reflexo das luzes do festim. Falou:

– Calai-vos, malditos! a imortalidade da alma? pobres doidos! e porque a alma é bela, porque não concebeis que esse ideal possa tornar-se em lodo e podridão, como as faces belas da virgem morta, não podeis crer que ele morra? Doidos! nunca velada levastes porventura uma noite a cabeceira de um cadáver? E então não duvidastes que ele não era morto, que aquele peito e aquela fronte iam palpitar de novo, aquelas pálpebras iam abrir-se, que era apenas o ópio do sono que emudecia aquele homem? Imortalidade da alma! e por que também não sonhar a das flores, a das brisas, a dos perfumes? Oh! não mil vezes! a alma não é, como a lua, sempre moça, nua e bela em sua virgindade eterna! a vida não é mais que a reunião ao acaso das moléculas atraídas: o que era um corpo de mulher vai porventura transformar-se num cipreste ou numa nuvem de miasmas; o que era um corpo do verme vai alvejar-se no cálice da flor ou na fronte da criança mais loura e bela. Como Schiller o disse, o átomo da inteligência de Platão foi talvez para o coração de um ser impuro. Pôr isso eu vo-lo direi: se entendeis a imortalidade pela metempsicose, bem! talvez eu creia um pouco, pelo platonismo, não!

– Solfieri! és um insensato! o materialismo é árido como o deserto, e escuro como um túmulo! A nós frontes queimadas pelo mormaço do sol da vida a nós sobre cuja cabeça a velhice regelou os cabelos, essas crianças frias? A nós os sonhos do espiritualismo!

– Archibald! deveras, que é um sonho tudo isso! No outro tempo o sonho da minha cabeceira era o espírito puro ajoelhado no seu manto argênteo, num oceano de aromas e luzes! Ilusões! a realidade é a febre do libertino, a taça na mão, a lascívia nos lábios é a mulher seminua, trêmula e palpitante sobre os joelhos.

– Blasfêmia! e não crês em mais nada! teu ceticismo derribou todas as estátuas do teu templo, mesmo a de Deus?

– Deus! crer em Deus!?... sim como o grito íntimo o revela nas horas frias do medo, nas horas em que se tirita de susto e que a morte parece roçar úmida por nós! Na jangada do náufrago, no cadafalso, no deserto, sempre banhado do suor frio do terror é que vem a crença em Deus! Crer nele como a utopia do bem absoluto, o sol da luz e do amor, muito bem! Mas se entendeis por ele os ídolos que os homens ergueram banhados de sangue, e o fanatismo beija em sua inanimação de mármore de há cinco mil anos... não credo nele!

– E os livros santos?

– Miséria! quando me vierdes falar em poesia eu vos direi: aí há folhas inspiradas pela natureza ardente daquela terra como nem Homero as sonhou — como a humanidade inteira ajoelhada sobre os túmulos do passado nunca mais lembrara! Mas quando me falarem em verdades religiosas, em visões santas, nos desvarios daquele povo estúpido, eu vos direi: miséria! miséria! três vezes miséria! Tudo aquilo e falso: mentiram como as miragens do deserto!

– Estás ébrio, Johann! O ateísmo é a insânia como o idealismo místico de Schelling[5], o panteísmo de Spinoza[6] o judeu, e o esoterismo crente de Malebranche[7] nos seus sonhos da visão em Deus. A verdadeira filosofia e o epicurismo. Hume[8] bem o disse: o fim do homem é o prazer. Daí vede que é o elemento sensível quem domina. E pois ergamo-nos, nós que amanhecemos nas noites desbotadas de estudo insano, e vimos que a ciência é falsa e esquiva, que ela mente e embriaga como um beijo de mulher.

– Bem! muito bem! e um *toast*[9] de respeito!

– Quero que todos se levantem, e com a cabeça descoberta digam-no: Ao Deus Pan da natureza, aquele que a antiguidade chamou Baco – o filho das coxas de um deus e do amor de uma mulher, e que nós chamamos melhor pelo seu nome – o vinho!...

– Ao vinho! ao vinho!

Os copos caíram na mesa.

– Agora ouvi-me, senhores! entre uma saúde e uma baforada de fumaça, quando as cabeças queimam e os cotovelos se estendem na toalha molhada de vinho, como os braços do carniceiro

---

5 Friedrich Schelling (1775-1854): filósofo alemão que desenvolveu um sistema de valorização da natureza.

6 Baruch Spinoza (1632-77): filósofo holandês, desenvolveu uma doutrina baseada na concepção panteísta da realidade, estabelecendo uma associação entre Deus e a natureza.

7 Nicolas Malebranche (1638-1715): filósofo francês que procurou modificar a metafísica de Descartes, sustentando uma identificação entre a razão e Deus.

8 David Hume (1711-76): filósofo escocês que atribui à experiência papel central na teoria do conhecimento.

9 *Toast*: vocábulo derivado do inglês que designa o ato de beber em honra de algo ou alguém (um brinde).

no cepo gotejaste, o que nos cabe é uma história sanguinolenta, um daqueles contos fantásticos – como Hoffmann[10] os delirava ao clarão dourado do Johannisberg!

– Uma história medonha, não, Archibald? – falou um moço pálido que a esse reclamo erguera a cabeça amarelenta. Pois bem, dir-vos-ei uma história. Mas quanto a essa, podeis tremer a gosto, podeis suar a frio da fronte grossas bagas de terror. Não é um conto, é uma lembrança do passado.

– Solfieri! Solfieri! aí vens com teus sonhos!

– Conta!

Solfieri falou: os mais fizeram silêncio.

[10] Ernest Theodor Amadeus Hoffmann (1776-1822): escritor alemão, autor de contos fantásticos.

II. SOLFIERI

...Yet one kiss on your pale clay
And those lips once so warm – my heart! my heart[11]*!*
Byron, *Cain*[12]

Sabeis-lo. Roma é a cidade do fanatismo e da perdição: na alcova do sacerdote dorme a gosto a amásia, no leito da vendida se pendura o crucifixo lívido. É um requintar de gozo blasfemo que mescla o sacrilégio à convulsão do amor, o beijo lascivo à embriaguez da crença!

Era em Roma. Uma noite a lua ia bela como vai ela no verão por aquele céu morno, o fresco das águas se exalava como um suspiro do leito do Tibre. A noite ia bela. Eu passeava a sós pela ponte de... As luzes se apagaram uma por uma nos palácios, as ruas se faziam ermas, e a lua de sonolenta se escondia no leito de nuvens. Uma sombra de mulher apareceu numa janela solitária e escura. Era uma forma branca. – A face daquela mulher era como a de uma estátua pálida a lua. Pelas faces dela, como gotas de uma taça caída, rolavam fios de lágrimas.

Eu me encostei à aresta de um palácio. A visão desapareceu no escuro da janela... e daí um canto se derramava. Não era só uma voz melodiosa: havia naquele cantar um como choro de frenesi, um como gemer de insânia: aquela voz era sombria como a do vento à noite nos cemitérios cantando a nênia das flores murchas da morte.

Depois o canto calou-se. A mulher apareceu na porta. Parecia espreitar se havia alguém nas ruas. Não viu ninguém: saiu. Eu segui-a.

A noite ia cada vez mais alta: a lua sumira-se no céu, e a chuva caía às gotas pesadas: apenas eu sentia nas faces caírem-me grossas lágrimas de água, como sobre um túmulo prantos de órfão.

Andamos longo tempo pelo labirinto das ruas: enfim ela parou: estávamos num campo.

Aqui, ali, além eram cruzes que se erguiam de entre o ervaçal. Ela ajoelhou-se. Parecia soluçar: em torno dela passavam as aves da noite.

Não sei se adormeci: sei apenas que quando amanheceu achei-me a sós no cemitério. Contudo a criatura pálida não fora uma ilusão: as urzes, as cicutas do campo santo estavam quebradas junto a uma cruz.

O frio da noite, aquele sono dormido a chuva, causaram-me uma febre. No meu delírio passava e repassava aquela brancura de mulher, gemiam aqueles soluços e todo aquele devaneio se perdia num canto suavíssimo...

---

[11] Em inglês. Tradução: "... Ainda um beijo em seu corpo lívido / E nesses lábios outrora tão quentes – meu coração! meu coração!".

[12] Lord Byron (1788-1824): poeta inglês.

Um ano depois voltei a Roma. Nos beijos das mulheres nada me saciava: no sono da saciedade me vinha aquela visão...

Uma noite, e após uma orgia, eu deixara dormida no leito dela a condessa Barbora. Dei um último olhar àquela forma nua e adormecida com a febre nas faces e a lascívia nos lábios úmidos, gemendo ainda nos sonhos como na agonia voluptuosa do amor. Saí... Não sei se a noite era límpida ou negra: sei apenas que a cabeça me escaldava de embriaguez. As taças tinham ficado vazias na mesa: aos lábios daquela criatura eu bebera até a última gota o vinho do deleite...

Quando dei acordo de mim estava num lugar escuro: as estrelas passavam seus raios brancos entre as vidraças de um templo. As luzes de quatro círios batiam num caixão entreaberto. Abri-o: era o de uma moça. Aquele branco da mortalha, as grinaldas da morte na fronte dela, naquela tez lívida e embaçada, o vidrento dos olhos mal apertados... Era uma defunta!... e aqueles traços todos me lembraram uma ideia perdida... – Era o anjo do cemitério? Cerrei as portas da igreja, que, ignoro por que, eu achara abertas. Tomei o cadáver nos meus braços para fora do caixão. Pesava como chumbo.

Sabeis a história de Maria Stuart[13] degolada e o algoz, "do cadáver sem cabeça e o homem sem coração" como a conta Brantôme[14]? – Foi uma ideia singular a que eu tive. Tomei-a no colo. Preguei-lhe mil bei-

jos nos lábios. Ela era bela assim: rasguei-lhe o sudário, despi-lhe o véu e a capela como o noivo os despe à noiva. Era mesmo uma estátua: tão branca era ela. A luz dos tocheiros dava-lhe aquela palidez de âmbar que lustra os mármores antigos. O gozo foi fervoroso – cevei em perdição aquela vigília. A madrugada passava já frouxa nas janelas. Àquele calor de meu peito, à febre de meus lábios, à convulsão de meu amor, a donzela pálida parecia reanimar-se. Súbito abriu os olhos empanados. Luz sombria alumiou-os como a de uma estrela entre névoa, apertou-me em seus braços, um suspiro ondeou-lhe nos beiços azulados... Não era já a morte: era um desmaio. No aperto daquele abraço havia contudo alguma coisa de horrível. O leito de lájea onde eu passara uma hora de embriaguez me resfriava. Pude a custo soltar-me daquele aperto do peito dela... Nesse instante ela acordou...

Nunca ouvistes falar da catalepsia? É um pesadelo horrível aquele que gira ao acordado que emparedam num sepulcro; sonho gelado em que se sentem os membros tolhidos, e as faces banhadas de lágrimas alheias sem poder revelar a vida!

A moça revivia a pouco e pouco. Ao acordar desmaiara. Embucei-me na capa e tomei-a nos braços coberta com seu sudário

---

[13] Maria Stuart (1542-87): rainha da Escócia e da França. Suspeita de ter participado do assassinato do marido, envolveu-se numa disputa pelo trono com a prima Elizabeth I, o que lhe custou a decapitação.

[14] Pierre de Bourdeilles: *seigneur* (senhor) de Brantôme (1540-1614), memorialista francês.

como uma criança. Ao aproximar-me da porta topei num corpo; abaixei-me, olhei: era algum coveiro do cemitério da igreja que aí dormira de ébrio, esquecido de fechar a porta...

Saí. Ao passar a praça encontrei uma patrulha.

– Que levas aí?

A noite era muito alta – talvez me cressem um ladrão.

– É minha mulher que vai desmaiada...

– Uma mulher!... Mas essa roupa branca e longa? Serás acaso roubador de cadáveres?

Um guarda aproximou-se. Tocou-lhe a fronte: era fria.

– E uma defunta...

Cheguei meus lábios aos dela. Senti um bafejo morno. – Era a vida ainda.

– Vede – disse eu.

O guarda chegou-lhe os lábios: os beiços ásperos roçaram pelos da moça. Se eu sentisse o estalar de um beijo... o punhal já estava nu em minhas mãos frias...

– Boa noite, moço: podes seguir – disse ele.

Caminhei. – Estava cansado. Custava a carregar o meu fardo; e eu sentia que a moça ia despertar. Temeroso de que a ouvissem gritar e acudissem, corri com mais esforço...

Quando eu passei a porta ela acordou. O primeiro som que lhe saiu da boca foi um grito de medo...

Mal eu fechara a porta, bateram nela. Era um bando de libertinos meus companheiros que voltavam da orgia. Reclamaram que abrisse.

Fechei a moça no meu quarto e abri.

Meia hora depois eu os deixava na sala bebendo ainda.

A turvação da embriaguez fez que não notassem minha ausência.

Quando entrei no quarto da moça vi-a erguida. Ria de um rir convulso como a insânia, e frio como a folha de uma espada. Trespassava de dor o ouvi-la.

Dois dias e duas noites levou ela de febre assim... Não houve sanar-lhe aquele delírio, nem o rir do frenesi. Morreu depois de duas noites e dois dias de delírio.

À noite saí: fui ter com um estatuário que trabalhava perfeitamente em cera e paguei-lhe uma estátua dessa virgem.

Quando o escultor saiu, levantei os tijolos de mármore do meu quarto, e com as mãos cavei aí um túmulo. Tomei-a então pela última vez nos braços, apertei-a a meu peito muda e fria, beijei-a e cobri-a adormecida do sono eterno com o lençol de seu leito. Fechei-a no seu túmulo e estendi meu leito sobre ele.

Um ano – noite a noite – dormi sobre as lajes que a cobriam... Um dia o estatuário me trouxe a sua obra. Paguei-lha e paguei o segredo...

Não te lembras, Bertram, de uma forma branca de mulher que entreviste pelo véu do meu cortinado? Não te lembras que eu te respondi que era uma virgem que dormia?

– E quem era essa mulher, Solfieri?

– Quem era? seu nome?

– Quem se importa com uma palavra quando sente que o vinho lhe queima assaz os lábios? quem pergunta o nome da prostituta com quem dormia e que sentiu morrer a seus beijos, quando nem há dele mister por escrever-lho na lousa?

Solfieri encheu uma taça. Bebeu-a. Ia erguer-se da mesa quando um dos convivas tomou-o pelo braço.

– Solfieri, não é um conto isso tudo?

– Pelo inferno que não! por meu pai que era conde e bandido, por minha mãe que era a bela Messalina das ruas, pela perdição que não! Desde que eu próprio calquei aquela mulher com meus pés na sua cova de terra, eu vô-lo juro – guardei-lhe como amuleto a capela de defunta. Ei-la!

Abriu a camisa, e viram-lhe ao pescoço uma grinalda de flores mirradas.

– Vedes-la? murcha e seca como o crânio dela!

III. BERTRAM[15]

But why should I for others groan,
When none will sigh for me?[16]
Childe Harold, I.

Um outro conviva se levantou.

Era uma cabeça ruiva, uma tez branca, uma daquelas criaturas fleumáticas que não hesitaram ao tropeçar num cadáver para ter mão de um fim.

Esvaziou o copo cheio de vinho, e com a barba nas mãos alvas, com os olhos de verde-mar fixos, falou:

– Sabeis, uma mulher levou-me à perdição. Foi ela quem me queimou a fronte nas orgias e desbotou-me os lábios no ardor dos vinhos e na moleza de seus beijos, quem me fez devassar pálido as longas noites de insônia nas mesas do jogo, e na doudice dos abraços convulsos com que ela me apertava o seio! Foi ela, vós o sabeis, quem fez-me num dia ter três duelos com meus três melhores amigos, abrir três túmulos àqueles que mais me amavam na vida – e depois, depois sentir-me só e abandonado no mundo, como a infanticida que matou o seu filho, ou aquele Mouro infeliz junto à sua Desdêmona[17] pálida!

Pois bem, vou contar-vos uma história que começa pela lembrança desta mulher...

Havia em Cádis uma donzela... linda daquele moreno das andaluzas, que não há vê-las sob as franjas de mantilhas acetinadas, com as plantas mimosas, as mãos de alabastro, os olhos que brilham e os lábios de rosa d'Alexandria sem delirar sonhos delas por longas noites ardentes!

Andaluzas! sois muito belas! se o vinho, se as noites de vossa terra, o luar de vossas noites, vossas flores, vossos perfumes são doces, são puros, são embriagadores, vós ainda o sois mais! Oh! por esse eivar a eito de gozos de uma existência fogosa nunca pude esquecer-vos!

Senhores! aí temos vinho d'Espanha, enchei os copos: – à saúde das espanholas!..
....
....[18]

---

[15] Bertram: nomeia tanto o personagem de *Marino Faliero*, de Byron, como um romance de Charles Robert Mathurin, considerado um dos principais nomes da novela gótica inglesa.

[16] Em inglês. Tradução: "Mas por que deveria sofrer pelos outros / Quando ninguém chora por mim?". Estes versos são do poeta inglês Byron.

[17] Referência à tragédia *Otelo*, de Shakespeare. O mouro *Otelo*, tomado por ciúme doentio, mata sua esposa, a inocente Desdêmona.

[18] Os autores românticos costumavam usar linhas pontilhadas para marcar momentos diferentes do texto. Esse recurso não indica a supressão de algum trecho e aparece muitas vezes ao longo dos textos de Álvares de Azevedo.

Amei muito essa moça, chamava-se Ângela. Quando estava decidido a casar-me com ela, quando após das longas noites perdidas ao relento a espreitar-lhe da sombra um aceno, um adeus, uma flor, quando após tanto desejo e tanta esperança eu sorvi-lhe o primeiro beijo, tive de partir da Espanha para Dinamarca onde me chamava meu pai.

Foi uma noite de soluços e lágrimas, de choros e de esperanças, de beijos e promessas, de amor, de voluptuosidade no presente e de sonhos no futuro... Parti. Dois anos depois foi que voltei. Quando entrei na casa de meu pai, ele estava moribundo; ajoelhou-se no seu leito e agradeceu a Deus ainda ver-me, pôs as mãos na minha cabeça, banhou-me a fronte de lágrimas – eram as últimas – depois deixou-se cair, pôs as mãos no peito e com os olhos em mim murmurou: Deus!

A voz sufocou-se-lhe na garganta: todos choravam.

Eu também chorava, mas era de saudades de Ângela...

Logo que pude reduzir minha fortuna a dinheiro pus-la no banco de Hamburgo e parti para a Espanha.

Quando voltei, Ângela estava casada e tinha um filho...

Contudo meu amor não morreu! Nem o dela!

Muito ardentes foram aquelas horas de amor e de lágrimas, de saudades e beijos, de sonhos e maldições para nos esquecermos um do outro.

....

Uma noite, dois vultos alvejavam nas sombras de um jardim, as folhas tremiam ao ondear de um vestido, as brisas soluçavam aos soluços de dois amantes e o perfume das violetas que eles pisavam, das rosas e madressilvas que abriam em torno dele era ainda mais doce, perdido no perfume dos cabelos soltos de uma mulher...

Essa noite – foi uma loucura! foram poucas horas de sonhos de fogo! e quão breve passaram! Depois dessa noite seguiu-se outra, outra... e muitas noites as folhas sussurraram ao roçar de um passo misterioso, e o vento se embriagou de deleite nas nossas frontes pálidas...

Mas um dia o marido soube tudo: quis representar de *Otelo* com ela. Doudo!...

Era alta noite: eu esperava ver passar nas cortinas brancas a sombra do anjo. Quando passei, uma voz chamou-me. Entrei. – Ângela com os pés nus, o vestido solto, o cabelo desgrenhado e os olhos ardentes tomou-me pela mão... Senti-lhe a mão úmida... Era escura a escada que subimos, passei a minha mão, molhada pela dela, por meus lábios. Tinha saibo de sangue.

– Sangue, Ângela! De quem é esse sangue?

A Espanhola sacudiu seus longos cabelos negros e riu-se.

Entramos numa sala. Ela foi buscar uma luz e deixou-me no escuro.

Procurei, tateando, um lugar para assentar-me: toquei numa mesa. Mas ao passar-lhe a mão senti-a banhada de umidade: além senti uma cabeça fria como neve e molhada de um líquido espesso e meio coagulado. Era sangue...

Quando Ângela veio com a luz, eu vi... era horrível... O marido estava degolado.

Era uma estátua de gesso lavada em sangue... Sobre o peito do assassinado estava uma criança de bruços. Ela ergueu-a pelos cabelos... Estava morta também: o sangue que corria das veias rotas de seu peito se misturava com o do pai!

– Vês, Bertram, esse era o meu presente: agora será, negro embora, um sonho do meu passado. Sou tua e tua só. Foi por ti que tive força bastante para tanto crime... Vem, tudo está pronto, fujamos. A nós o futuro!

....

Foi uma vida insana a minha com aquela mulher! Era um viajar sem fim. Ângela vestia-se de homem: era um formoso mancebo assim. No demais ela era como todos os moços libertinos que nas mesas da orgia batiam com a taça na taça dela. Bebia já como uma inglesa, fumava como uma sultana, montava a cavalo como um árabe e atirava as armas como um espanhol.

Quando o vapor dos licores me ardia a fronte, ela ma repousava em seus joelhos, tomava um bandolim e me cantava as modas de sua terra...

Nossos dias eram lançados ao sono como pérolas ao amor: nossas noites sim eram belas!

....

Um dia ela partiu: partiu, mas deixou-me os lábios ainda queimados dos seus, e o coração cheio de gérmen de vícios que ela aí lançara. Partiu: mas sua lembrança ficou como o fantasma de um mau anjo perto de meu leito.

Quis esquecê-la no jogo, nas bebidas, na paixão dos duelos. Tornei-me um ladrão nas cartas, um homem perdido por mulheres e orgias, um espadachim terrível e sem coração.

....

Uma noite eu caíra ébrio às portas de um palácio: os cavalos de uma carruagem pisaram-me ao passar e partiram-me a cabeça de encontro à lajea. Acudiram-me desse palácio. Depois amaram-me: a família era um nobre velho viúvo e uma beleza peregrina de dezoito anos. Não era amor de certo o que eu sentia por ela... Não sei o que foi... Era uma fatalidade infernal. A pobre inocente amou-me; e eu, recebido como o hóspede de Deus sob o teto do velho fidalgo, desonrei-lhe a filha, roubei-a, fugi com ela... E o velho teve de chorar suas cãs manchadas na desonra de sua filha, sem poder vingar-se.

Depois enjoei-me dessa mulher. A saciedade é um tédio terrível. Uma noite, que eu jogava com Siegfried – o pirata, depois de perder as últimas joias dela, vendi-a.

A moça envenenou Siegfried logo na primeira noite e afogou-se...

....

Eis aí quem eu sou: se quisesse contar-vos longas histórias do meu viver, vossas vigílias correriam breves demais...

Um dia era na Itália – saciado de vinho e mulheres eu ia suicidar-me. A noite era escura e eu chegara só na praia. Subi num rochedo: daí minha última voz foi uma blasfêmia, meu último adeus uma maldição, *meu último*... digo mal, porque senti-me erguido nas águas pelo cabelo.

Então na vertigem do afogo o anelo da vida acordou-se em mim. A princípio tinha sido uma cegueira, uma nuvem ante meus olhos, como aos daquele que labuta nas trevas. A sede da vida veio ardente: apertei aquele que me socorria; fiz tanto, em uma palavra, que, sem querê-lo, matei-o. Cansado do esforço desmaiei...

Quando recobrei os sentidos estava num escaler de marinheiros que remavam mar em fora. Aí soube eu que meu salvador tinha morrido afogado por minha culpa. Era uma sina e negra; e por isso ri-me; ri-me, enquanto os filhos do mar choravam.

Chegamos a uma corveta que estava erguendo âncora.

O comandante era um belo homem. Pelas faces vermelhas caiam-lhe os crespos louros onde a velhice alvejava algumas cãs.

Ele perguntou-me:

– Quem és?

– Um desgraçado que não pode viver na terra e não deixaram morrer no mar.

– Queres pois vir a bordo?

– A menos que não prefirais atirar-me ao mar.

– Não o faria: tens uma bela figura. Levar-te-ei comigo. Servirás...

– Servir!?... – e ri-me: depois respondi-lhe frio: deixai que me atire ao mar...

– Não queres servir? queres então viajar de braços cruzados?

– Não: quando for a hora da manobra dormirei, mas quando vier a hora do combate ninguém será mais valente do que eu...

– Muito bem: gosto de ti – disse o velho lobo do mar. – Agora que estamos conhecidos dize-me teu nome e tua história.

– Meu nome é Bertram. Minha história? escutai: O passado é um túmulo! Perguntai ao sepulcro a história do cadáver! ele guarda o segredo... dir-vos-á apenas que tem no seio um corpo que se corrompe! lereis sobre a lousa um nome – e não mais!

O comandante franziu as sobrancelhas e passou adiante para comandar a manobra.

O comandante trazia a bordo uma bela moça. Criatura pálida, parecera a um poeta o anjo da esperança adormecendo esquecido entre as ondas. Os marinheiros a respeitavam: quando pelas noites de lua ela repousava o braço na amurada e a face na mão, aqueles que passavam junto dela se descobriam respeitosos. Nunca ninguém lhe vira olhares de orgulho, nem lhe ouvira palavras de cólera: era uma santa.

Era a mulher do comandante.

Entre aquele homem brutal e valente, rei bravio ao alto-mar, esposado, como os Doges[19] de Veneza ao Adriático, a sua garrida corveta, entre aquele homem pois e aquela madona havia um amor de homem como palpita o peito que longas noites abriu-se às luas do oceano solitário, que adormeceu pensando nela ao frio das vagas e ao calor dos trópicos, que suspirou nas horas de quarto, alta noite na amurada do navio, lembrando-a nos nevoeiros da cerração, nas nuvens da tarde... Pobres doudos! parece que esses homens amam muito! A bordo ouvi a muitos marinheiros seus amores singelos: eram moças louras da Bretanha e da Normandia, ou alguma espanhola de cabelos negros vista ao passar sentada na praia com sua cesta de flores, ou adormecidas entre os laranjais cheirosos, ou dançando o fandango lascivo nos bailes ao relento! Houve-as junto a mim muitas faces ásperas e tostadas ao sol do mar que se banharam de lágrimas...

Voltemos à história. – O comandante a estremecia como um louco... um pouco menos que a sua honra, um pouco mais que sua corveta.

E ela?!... ela no meio de sua melancolia, de sua tristeza e sua palidez, ela sorria às vezes quando cismava sozinha, mas era um sorrir tão triste que doía. Coitada!

Um poeta a amaria de joelhos. Uma noite – decerto eu estava ébrio – fiz-lhe uns versos. Na lânguida poesia eu derramara uma essência preciosa e límpida que ainda não se poluíra no mundo...

[19] Doge: o chefe ou primeiro magistrado eleito da antiga República de Veneza.

Bofé[20] que chorei quando fiz esses versos. Um dia, meses depois, li-os, ri-me deles e de mim e atirei-os ao mar... Era a última folha da minha virgindade que lançava ao esquecimento...

Agora, enchei os copos: o que vou dizer-vos é negro, é uma lembrança horrível, como os pesadelos no Oceano.

Com suas lágrimas, com seus sorrisos, com seus olhos úmidos, e os seios intumescidos de suspiro, aquela mulher me enlouquecia as noites. Era como uma vida nova que nascia cheia de desejos, quando eu cria que todos eles eram mortos como crianças afogadas em sangue ao nascer.

Amei-a: por que dizer-vos mais? Ela amou-me também. Uma vez a luz ia límpida e serena sobre as águas, as nuvens eram brancas como um véu recamado de pérolas da noite, o vento cantava nas cordas. Bebi-lhe na pureza desse luar, ao fresco dessa noite, mil beijos nas faces molhadas de lágrimas, como se bebe o orvalho de um lírio cheio. Aquele seio palpitante, o contorno acetinado, apertei-os sobre mim...

O comandante dormia.

....

Uma vez ao madrugar, o gajeiro assinalou um navio. Meia hora depois desconfiou que era um pirata...

Chegávamos cada vez mais perto. Um tiro de pólvora seca da corveta reclamou a bandeira. Não responderam. Deu-se segundo: nada. Então um tiro de bala foi cair nas águas do barco desconhecido como uma luva de duelo. O barco que até então tinha seguido rumo oposto ao nosso e vinha proa contra nossa proa virou de bordo e apresentou-nos seu flanco enfumaçado: um relâmpago correu nas baterias do pirata, um estrondo seguiu-se... e uma nuvem de balas veio morrer perto da corveta.

Ela não dormia, virou de bordo: os navios ficaram lado a lado. À descarga do navio de guerra o pirata estremeceu como se quisesse ir a pique.

....

O pirata fugia: a corveta deu-lhe caça: as descargas trocaram-se então mais fortes de ambos os lados.

Enfim o pirata pareceu ceder. Atracaram-se os dois navios como para uma luta. A corveta vomitou sua gente a bordo do inimigo. O combate tornou-se sangrento – era um matadouro!... o chão do navio escorregava de tanto sangue, o mar ansiava cheio de escumas ao boiar de tantos cadáveres. Nesta ocasião sentiu-se uma

---

[32] Bofé: mesmo que boa-fé.

fumaça que subia do porão. O pirata dera fogo às pólvoras... Apenas a corveta por uma manobra atrevida pôde afastar-se do perigo. Mas a explosão fez-lhe grandes estragos. Alguns minutos depois o barco do pirata voou pelos ares. Era uma cena pavorosa ver entre aquela fogueira de chamas, ao estrondo da pólvora, ao reverberar deslumbrador do fogo nas águas, os homens arrojados ao ar irem cair no oceano.

Uns a meio queimados se atiravam a água, outros com os membros esfolados e a pele a despegar-se-lhes do corpo nadavam ainda entre dores horríveis e morriam torcendo-se em maldições.

A uma légua da cena do combate havia uma praia bravia, cortada de rochedos... Aí se salvaram os piratas que puderam fugir.

E nesse tempo, enquanto o comandante se batia como um bravo, eu o desonrava como um covarde.

Não sei como se passou o tempo todo que decorreu depois. Foi uma visão de gozos malditos!... eram os amores de Satã e de Eloá[21], da morte e da vida, no leito do mar.

Quando acordei um dia desse sonho, o navio tinha encalhado num banco de areia: o ranger da quilha a morder na areia gelou a todos... Meu despertar foi a um grito de agonia...

– Olá, mulher! taverneira maldita, não vês que o vinho acabou-se?

Depois foi um quadro horrível! Éramos nós numa jangada no meio do mar. Vós que lestes o *Don Juan*[22], que fizestes talvez daquele veneno a vossa Bíblia, que dormistes as noites da saciedade como eu, com a face sobre ele, e com os olhos ainda fitos nele vistes tanta vez amanhecer, sabeis quanto se cora de horror ante àqueles homens atirados ao mar, num mar sem horizontes, ao balouço das águas, que parecem sufocar seu escárnio na mudez fria de uma fatalidade!?...

Uma noite, a tempestade veio... apenas houve tempo de amarrar nossas munições... Fora mister ver o oceano bramindo no escuro como um bando de leões com fome, para saber o que é a borrasca!... fora mister vê-la de uma jangada à luz da tempestade, às blasfêmias dos que não creem e maldizem, às lágrimas dos que esperam e desesperam, aos soluços dos que tremem e tiritam de susto como aquele que bate à porta do nada... E eu, eu ria: era como o gênio do ceticismo naquele deserto. Cada vaga que varria nossas tábuas descosidas arrastava um homem, mas cada vaga que me rugia aos pés parecia respeitar-me. Era um oceano como aquele de fogo onde caíram os anjos perdidos de Milton – o cego, quando eles passavam

[21] Satã e Eloá: personagens do poema "Éloa ou la soeur des anges", de Alfred de Vigny.

[22] *Don Juan:* trata-se do romance de Byron, do Canto 2, estrofe LXXVII, que encena a antropofagia praticada por D. Juan e seus companheiros, sobreviventes de um naufrágio.

cortando-as a nado as águas do pântano de lava se apertavam: a morte era para os filhos de Deus, não para o bastardo do mal!

Toda aquela noite, passei-a com a mulher do comandante nos braços. Era um himeneu[23] terrível aquele que se consumava entre um descrido e uma mulher pálida que enlouquecia: o tálamo era o oceano, a escuma das vagas era a seda que nos a alcatifava o leito. Em meio daquele concerto de uivos que nos ia ao pé, os gemidos nos sufocavam e nós rolávamos abraçados, atados a um cabo da jangada, por sobre as tábuas...

Quando a aurora veio, restávamos cinco: eu, a mulher do comandante, ele e dois marinheiros...

Alguns dias comemos umas bolachas repassadas da salsugem da água do mar. Depois tudo o que houve de mais horrível se passou...

– Por que empalideces, Solfieri? a vida é assim. Tu o sabes como eu o sei. O que é o homem? é a escuma que ferve hoje na torrente e amanhã desmaia, alguma coisa de louco e movediço como a vaga, de fatal como o sepulcro! O que é a existência? Na mocidade é o caleidoscópio das ilusões, vive-se então da seiva do futuro. Depois envelhecemos: quando chegamos aos trinta anos e o suor das agonias nos grisalhou os cabelos antes do tempo e murcharam, como nossas faces as nossas esperanças, oscilamos entre o passado visionário e este *amanhã*, do velho, gelado e ermo depois como um cadáver que se banha antes de dar a sepultura! Miséria! loucura!

– Muito bem! miséria e loucura! – interrompeu uma voz.

O homem que falara era um velho. A fronte se lhe descalvara, e longas e fundas rugas a sulcavam: eram as ondas que o vento da velhice lhe cavava no mar da vida... Sob espessas sobrancelhas grisalhas lampejavam-lhe os olhos pardos e um espesso bigode lhe cobria parte dos lábios. Trazia um gibão negro e roto e um manto desbotado, da mesma cor, lhe caía dos ombros.

– Quem és, velho? – perguntou o narrador.

– Passava lá fora, a chuva caía a cântaros, a tempestade era medonha, entrei. Boa noite, senhores! se houver mais uma taça na vossa mesa, enchei-a até as bordas e beberei convosco.

– Quem és?

– Quem eu sou? na verdade fora difícil dizê-lo: corri muito mundo, a cada instante mudando de nome e de vida. Fui poeta e como poeta cantei. Fui soldado e banhei minha fronte juvenil nos últimos raios de sol da águia de Waterloo[24]. Apertei ao fogo da batalha a mão do homem do século[25]. Bebi numa taverna com

---

[23] Himeneu: casamento.

[24] "[...] últimos raios de sol da águia de Waterloo": referência à Batalha de Waterloo, nesta cidade da Bélgica, quando Napoleão Bonaparte foi definitivamente derrotado.

[25] "Homem do século": assim era qualificado Napoleão Bonaparte pelos círculos literários do romantismo brasileiro.

Bocage[26] – o português, ajoelhei-me na Itália sobre o túmulo de Dante e fui à Grécia para sonhar como Byron naquele túmulo das glórias do passado. – Quem eu sou? Fui um poeta aos vinte anos, um libertino aos trinta, sou um vagabundo sem pátria e sem crenças aos quarenta. Sentei-me à sombra de todos os sóis, beijei lábios de mulheres de todos os países: e de todo esse peregrinar, só trouxe duas lembranças – um amor de mulher que morreu nos meus braços na primeira noite de embriaguez e de febre – e uma agonia de poeta... Dela tenho uma rosa murcha e a fita que prendia seus cabelos. Dele olhai...

O velho tirou do bolso um embrulho: era um lenço vermelho o invólucro: desataram-no: dentro estava uma caveira.

– Uma caveira! – gritaram em torno – és um profanador de sepulturas?

– Olha, moço, se entendes a ciência de Gall e Spurzheim[27], dize-me pela protuberância dessa fronte e pelas bossas dessa cabeça quem podia ser esse homem?

– Talvez um poeta... talvez um louco.

– Muito bem! adivinhaste. Só erraste não dizendo que talvez ambas as coisas a um tempo. Sêneca o disse: – a poesia é a insânia. Talvez o gênio seja uma alucinação e o entusiasmo precise da embriaguez para escrever o hino sanguinário e fervoroso de Rouget de Lisle[28], ou para, na criação do painel medonho do Cristo morto de Holbein[29], estudar a corrupção no cadáver. Na vida misteriosa de Dante[30], nas orgias de Marlowe, no peregrinar de Byron havia uma sombra da doença de Hamlet: quem sabe?

– Mas a que vem tudo isso?

– Não bradastes – miséria e loucura!... vós, almas onde talvez borbulhava o sopro de Deus, cérebros que a luz divindade gênio esclarecia e que o vinho enchia de vapores e a saciedade de escárnios? Enchei as taças até a borda! enchei-as e bebei; bebei a lembrança do cérebro que ardeu nesse crânio, da alma que aí habitou, do poeta louco – Werner! e eu bradarei ainda uma vez: – miséria e loucura!

O velho esvaziou o copo, embuçou-se e saiu. Bertram continuou a sua história:

– Eu vos dizia que ia se passar uma coisa horrível: não havia mais alimentos, e no homem despertava a voz do instinto, das

[26] Manuel Maria de Barbosa du Bocage (1765-1805): poeta português, conhecido por suas poesias satíricas e eróticas.

[27] Franz Joseph Gall (1758-1828): fisiologista alemão. O médico alemão Gaspard Kaspar Spurzheim (1776-1832) foi amigo e seguidor de Gall.

[28] Rouget de Lisle (1706-1836): oficial francês, autor da música "A Marselhesa", que se tornou o hino da Revolução Francesa e, mais tarde, o hino da França.

[29] Hans Holbein: pintor alemão, conhecido como *o jovem* (1497-1543), em contraposição a seu pai, Hans Holbein (1465-1524), também pintor, conhecido como *o velho*.

[30] Dante Alighieri (1265-1321): poeta italiano, autor de *A divina comédia*.

entranhas que tinham fome, que pediam seu cevo como o cão do matadouro, fosse embora sangue.

A fome! a sede!... tudo quanto há de mais horrível!...

Na verdade, senhores, o homem é uma criatura perfeita? Estatuário sublime, Deus esgotou no talhar desse mármore todo o seu esmero. Prometeu[31] divino, encheu-lhe o crânio protuberante da luz do gênio. Ergueu-o pela mão, mostrou-lhe o mundo do alto da montanha, como Satã quatro séculos depois o fez a Cristo, e disse-lhe: Vê, tudo isso é belo – vales e montes, águas do mar que espumam, folhas das florestas que tremem e sussurram como as asas dos meus anjos – tudo isso é teu. Fiz-te o mundo belo no véu purpúreo do crepúsculo, dourei-to aos raios de minha face. Fiz-te rei da Terra! banha a fronte olímpica nessas brisas, nesse orvalho, na escuma dessas cataratas. Sonha como a noite, canta como os anjos, dorme entre as flores! Olha! entre as folhas floridas do vale dorme uma criatura branca como o véu das minhas virgens, loira como o reflexo das minhas nuvens, harmoniosa como as aragens do céu nos arvoredos da Terra. – É tua: acorda-a, ama-a e ela te amará; no seio dela, nas ondas daquele cabelo afoga-te como o sol entre vapores. Rei no peito dela, rei na Terra, vive de amor e crença, de poesia e de beleza, levanta-te, vai, e serás feliz!

Tudo isso é belo, sim!... mas é a ironia mais amarga, a decepção mais árida de todas as ironias e de todas as decepções. Tudo isso se apaga diante de dois fatos muito prosaicos – a fome e a sede.

O gênio, a águia altiva que se perde nas nuvens, que se aquenta no eflúvio da luz mais ardente do sol – cair assim com as asas torpes e verminosas no lodo das charnecas? Poeta, porque no meio do arroubo mais sublime do espírito, uma voz sarcástica e mefistofélica te brada – meu Fausto, ilusões... a realidade é a matéria!?... Deus escreveu Anánkhe[32] – na fronte de sua criatura! – Don Juan! por que choras a esse beijo morno de Haideia[33] que te desmaia nos braços?!... a prostituta vender-tos-á amanhã mais queimadores!... Miséria!... E dizer que tudo o que há de mais divino no homem, de mais santo e perfumado na alma se infunde no lodo da realidade, se revolve no charco e acha ainda uma convulsão infame para dizer – sou feliz!...

Isso tudo, senhores, para dizer-vos uma coisa muito simples... um fato velho e batido, uma prática do mar, uma lei do naufrágio – a antropofagia.

Dois dias depois de acabados os alimentos, restavam três pessoas: eu, o comandante e ela. – Eram três figuras macilentas como

---

[31] Prometeu: figura mitológica grega que teria dado ao homem a luz da inteligência.

[32] Em grego. Tradução: "destino, fatalidade, sina".

[33] Haideia: heroína do Canto 2 do romance de Byron, *D. Juan*.

o cadáver, cujos olhares fundos e sombrios se injetavam de sangue como a loucura.

O uso do mar – não quero dizer a voz da natureza física, o brado do egoísmo do homem – manda a morte de um para a vida de todos. Tiramos a sorte... o comandante teve por lei morrer.

Então o instinto de vida se lhe despertou ainda. Por um dia mais, de existência, mais um dia de fome e sede, de leito úmido e varrido pelos ventos frios do norte, mais umas horas mortas de blasfêmia e de agonia, de esperança e desespero, de orações e descrença, de febre e de ânsia, o homem ajoelhou-se, chorou, gemeu a meus pés...

– Olhai – dizia o miserável – esperemos até amanhã... Deus terá compaixão de nós... Por vossa mãe, pelas entranhas de vossa mãe! por Deus se ele existe, deixai, deixai-me ainda viver!

Oh! a esperança é pois como uma parasita que morde e despedaça o tronco, mas quando ele cai, quando morre e apodrece, ainda o aperta em seus convulsos braços! Esperar! quando o vento do mar açoita as ondas, quando a escuma do oceano vos lava o corpo lívido e nu, quando o horizonte e deserto e sem termo, e as velas que branqueiam ao longe parecem fugir! Pobre louco!

Eu ri-me do velho. Tinha as entranhas em fogo. Morrer hoje, amanhã, ou depois... tudo me era indiferente, mas hoje eu tinha fome, e ri-me porque tinha fome.

O velho lembrou-me que me acolhera a seu bordo, por piedade de mim, lembrou-me que me amava... – e uma torrente de soluços e lágrimas afogava o bravo que nunca empalidecera diante da morte.

Parece que a morte no oceano é terrível para os outros homens: quando o sangue lhes salpica as faces, lhes ensopa as mãos, correm à morte como um rio ao mar, como a cascavel ao fogo. Mas assim... no deserto das águas... eles temem-na, tremem diante dessa caveira fria da morte!

Eu ri-me porque tinha fome.

Então o homem ergueu-se. A fúria levantou nele com a última agonia. Cambaleava, e um suor frio lhe corria no peito descarnado. Apertou-me nos seus braços amarelentos e lutamos ambos corpo a corpo, peito a peito, pé por pé... por um dia de miséria!

A lua amarelada erguia sua face desbotada, como uma meretriz cansada de uma noite de devassidão, o céu escuro parecia zombar desses dois moribundos que lutavam por uma hora de agonia...

O valente do combate desfalecia... caiu: pus-lhe o pé na garganta, sufoquei-o e expirou...

Não cubrais o rosto com as mãos – farieis mesmo... Aquele cadáver foi nosso alimento dois dias...

Depois, as aves do mar já baixavam para partilhar minha presa; e às minhas noites fastientas uma sombra vinha reclamar sua ração de carne humana...

Lancei os restos ao mar...

Eu e a mulher do comandante passamos um dia, dois sem comer nem beber...

Então ela propôs-me morrer comigo. – Eu disse-lhe que sim. Esse dia foi a última agonia do amor que nos queimava: gastamo-lo em convulsões para sentir ainda o mel fresco da voluptuosidade banhar-nos os lábios... Era o gozo febril que podem ter duas criaturas em delírio de morte. Quando soltei-me dos braços dela a fraqueza a fazia desvairar. O delírio tornava-se mais longo, mais longo, debruçava-se nas ondas e bebia a água salgada e oferecia-ma nas mãos pálidas dizendo que era vinho. As gargalhadas frias vinham mais de entuviada[34]...

Estava louca.

Não dormi, não podia dormir: uma modorra ardente me fervia as pálpebras, o hálito de meu peito parecia fogo, meus lábios secos e estalados apenas se orvalham de sangue.

Tinha febre no cérebro... e meu estômago tinha fome. Tinha fome como a fera.

Apertei-a nos meus braços, oprimi-lhe nos beiços a minha boca em fogo, apertei-a convulsivo, sufoquei-a. Ela era ainda tão bela!

Não sei que delírio estranho se apoderou de mim. Uma vertigem me rodeava. O mar parecia rir de mim e rodava em torno, escumante e esverdeado, como um sorvedouro. As nuvens pairavam correndo e pareciam filtrar sangue negro. O vento que me passava nos cabelos murmurava uma lembrança...

De repente senti-me só. Uma onda me arrebatara o cadáver. Eu o vi boiar pálido como suas roupas brancas, seminu, com os cabelos banhados de água; eu via-o erguer-se na escuma das vagas, desaparecer e boiar de novo: depois não o distingui mais: – era como a escuma das vagas, como um lençol lançado nas águas...

Quantas horas, quantos dias passei naquela modorra nem o sei... Quando acordei desse pesadelo de homem desperto, estava a bordo de um navio.

Era o brigue[35] e inglês Swallow, que me salvara...

Olá, taverneira, bastarda de Satã! não vês que tenho sede e as garrafas estão secas, secas como tua face e como nossas gargantas?

[34] De entuviada: às pressas, desordenadamente.

[35] Brigue: navio de dois mastros com velas redondas e cestos de gávea; vela latina no mastro de ré.

IV. GENNARO[36]

Meurs ou tue[37]*!*
Corneille[38]

– Gennaro, dormes, ou embebes-te no sabor do último trago do vinho, da última fumaça do teu cachimbo?

– Não: quando contavas tua história, lembrava-me uma folha da vida, folha seca e avermelhada como as do outono e que o vento varreu.

– Uma história?

– Sim: é uma das minhas histórias. Sabes, Bertram, eu sou pintor... É uma lembrança triste essa que vou revelar, porque é a história de um velho e de duas mulheres, belas como duas visões de luz.

Godofredo Walsh era um desses velhos sublimes, em cujas cabeças as cãs semelham o diadema prateado do gênio. Velho já, casara em segundas núpcias com uma beleza de vinte anos. Godofredo era pintor: diziam uns que este casamento fora um amor artístico por aquela beleza romana, como que feita ao molde das belezas antigas: outros criam-no compaixão pela pobre moça que vivia de servir de modelo. O fato é que ele a queria como filha, como Laura, a filha única de seu primeiro casamento, Laura... corada como uma rosa e loura como um anjo.

Eu era nesse tempo moço: era aprendiz de pintura em casa de Godofredo. Eu era lindo então: que trinta anos lá vão, que ainda os cabelos e as faces me não haviam desbotado como nesses longos quarenta e dois anos de vida! Eu era aquele tipo de mancebo ainda puro do ressumbrar infantil, pensativo e melancólico como o Rafael[39] se retratou no quadro da galeria Barberini. Eu tinha quase a idade da mulher do mestre. Nauza tinha vinte e eu tinha dezoito anos.

Amei-a, mas meu amor era puro como meus sonhos de dezoito anos. Nauza também me amava: era um sentir tão puro! era uma emoção solitária e perfumosa como as primaveras cheias de flores e de brisas que nos embalavam aos céus da Itália.

Como eu o disse: o mestre tinha uma filha chamada Laura. Era uma moça pálida, de cabelos castanhos e olhos azulados; sua tez era branca, só às vezes, quando o pejo a incendia, duas rosas lhe avermelhavam a face e se destacavam no fundo de mármore. Laura parecia querer-me como a um irmão. Seus risos, seus beijos de criança de quinze anos eram só para mim. À noite, quando

[36] Gennaro: designa também um dos personagens de *Lucrécia Bórgia*, de Victor Hugo.

[37] Em francês. Tradução: "Morre ou mata!".

[38] Corneille (1606-84), poeta dramático francês.

[39] Rafael Sanzio (1483-1520), pintor italiano.

eu ia deitar-me, ao passar pelo corredor escuro com minha lâmpada, uma sombra me apagava a luz e um beijo me pousava nas faces, nas trevas.

Muitas noites foi assim.

Uma manhã – eu dormia ainda – o mestre saíra e Nauza fora à igreja, quando Laura entrou no meu quarto e fechou a porta: deitou-se a meu lado. Acordei nos braços dela.

O fogo de meus dezoito anos, a primavera virginal de uma beleza, ainda inocente, o seio seminu de uma donzela a bater sobre o meu: isso tudo... ao despertar dos sonhos alvos da madrugada, me enlouqueceu...

Todas as manhãs Laura vinha a meu quarto...

Três meses passaram assim. Um dia entrou ela no meu quarto e disse-me:

– Gennaro, estou desonrada para sempre... A princípio eu quis-me iludir, já não o posso, estou de esperanças[40]...

Um raio que me caísse aos pés não me assustaria tanto.

– E preciso que cases comigo, que me peças ao meu pai, ouves, Gennaro?

Eu calei-me.

– Não me amas então?

Calei-me ainda.

– Oh! Gennaro, Gennaro!

E caiu no meu ombro desfeita em soluços. Carreguei-a assim fria e fora de si para seu quarto.

Nunca mais tornou a falar-me em casamento.

Que havia de eu fazer? contar tudo ao pai e pedi-la em casamento? Fora uma loucura... Ele me mataria e a ela: ou pelo menos me expulsaria de sua casa...: E Nauza? cada vez eu a amava mais. Era uma luta terrível essa que se travava entre o dever e o amor, e entre o dever e o remorso.

Laura não me falara mais. Seu sorriso era frio: cada dia tornava-se mais pálida, mas a gravidez não crescia, antes mais nenhum sinal se lhe notava...

O velho levava as noites passeando no escuro. Já não pintava. Vendo a filha que morria aos sons secretos de uma harmonia de morte, que empalidecia cada vez mais, o misérrimo arrancava as cãs[41].

Eu contudo não esquecera Nauza, nem ela se esquecia de mim. Meu amor era sempre o mesmo, era sempre noites de esperanças e de sede que me banhavam de lágrimas o travesseiro. Só às vezes a sombra de um remorso me passava; mas a imagem dela dissipava todas essas névoas...

Uma noite... foi horrível... vieram chamar-me: Laura morria. Na febre murmurava meu nome e palavras que ninguém podia

[40] Estar de esperanças: estar grávida.

[41] Cãs: cabelos brancos.

reter, tão apressadas e confusas lhe suavam. Entrei no quarto dela: a doente conheceu-me. Ergueu-se branca, com a face úmida de um suor copioso, chamou-me. Sentei-me junto do leito dela. Apertou minha mão nas suas mãos frias e murmurou em meus ouvidos:

– Gennaro, eu te perdoo, eu te perdoo tudo... Eras um infame... Morrerei... Fui louca... Morrerei por tua causa... teu filho... o meu vou vê-lo ainda... mas no céu... meu filho que matei... antes de nascer...

Deu um grito, estendeu convulsivamente os braços como para repelir uma ideia, passou a mão pelos lábios como para enxugar as últimas gotas de uma bebida, estorceu-se no leito, lívida, fria, banhada de suor gelado e arquejou... Era o último suspiro.

Um ano todo se passou assim para mim. O velho parecia endoidecido. Todas as noites fechava-se no quarto onde morrera Laura: levava aí a noite toda em solidão. Dormia? ah que não! Longas horas eu o escutei no silêncio arfar com ânsia, outras vezes afogar-se em soluços.

Depois tudo emudecia: o silêncio durava horas; o quarto era escuro; e depois as passadas pesadas do mestre se ouviam pelo quarto, mas vacilantes como de um bêbedo que cambaleia.

Uma noite eu disse a Nauza que a amava: ajoelhei-me junto dela, beijei-lhe as mãos, reguei seu colo de lágrimas. Ela voltou a face: eu cri que era desdém, ergui-me.

– Então Nauza, tu não me amas – disse eu.

Ela permanecia com o rosto voltado.

– Adeus, pois; perdoai-me se vos ofendi; meu amor é uma loucura, minha vida é uma desesperança – o que me resta? Adeus, irei longe, longe daqui... talvez então eu possa chorar sem remorso...

Tomei-lhe a mão e beijei-a.

Ela deixou sua mão nos meus lábios.

Quando ergui a cabeça, eu a vi: ela estava debulhada em lágrimas.

– Nauza! Nauza! uma palavra, tu me amas?

....

Tudo o mais foi um sonho: a lua passava entre os vidros da janela aberta, batia nela: nunca eu a vira tão pura e divina!

....

E as noites que o mestre passava soluçando no leito vazio de sua filha, eu as passava no leito dele, nos braços de Nauza.

Uma noite houve um fato pasmoso.

O mestre veio ao leito de Nauza. Gemia e chorava aquela voz cavernosa e rouca: tomou-me pelo braço com força, acordou-me e levou-me de rasto ao quarto de Laura...

Atirou-me ao chão: fechou a porta. Uma lâmpada estava acesa no quarto defronte de um painel. Ergueu o lençol que o cobria. – Era Laura moribunda! E eu macilento, como ela, tremia como um condenado. A moça com seus lábios pálidos murmurava no meu ouvido...

Eu tremi de ver meu semblante tão lívido na tela e lembrei-me que naquele dia ao sair do quarto da morta, no espelho dela que estava ainda pendurado à janela, eu me horrorizara de ver-me cadavérico...

Um tremor, um calafrio se apoderou de mim. Ajoelhei-me e chorei lágrimas ardentes. Confessei tudo: parecia-me que era ela quem o mandava, que era Laura que se erguia dentre os lençóis do seu leito e me acendia o remorso e no remorso me rasgava o peito.

Por Deus! que foi uma agonia!

No outro dia o mestre conversou comigo friamente. Lamentou a falta de sua filha, mas sem uma lágrima: sobre o passado na noite, nem palavra.

Todas as noites era a mesma tortura, todos os dias a mesma frieza.

O mestre era sonâmbulo...

E pois eu não me cri perdido...

Contudo lembrei-me que uma noite, quando eu saía do quarto de Laura com o mestre, no escuro vira uma roupa branca passar-me por perto, roçaram-me uns cabelos soltos e nas lájeas do corredor estalavam umas passadas tímidas de pés nus. Era Nauza, que tudo vira e tudo ouvira, que se acordara e sentira minha falta no leito, que ouvira esses soluços e gemidos e correra para ver...

....

Uma noite, depois da ceia, o mestre Walsh tomou sua capa e uma lanterna, e chamou-me para acompanhá-lo. Tinha de sair fora da cidade e não queria ir só. Saímos juntos: a noite era escura e fria. O outono desfolhara as árvores e os primeiros sopros do inverno rugiam nas folhas secas do chão. Caminhamos juntos muito tempo: cada vez mais nos entranhávamos pelas montanhas, cada vez o caminho era mais solitário. O velho parou. Era na fralda de uma montanha. À direita o rochedo se abria num trilho: à esquerda as pedras soltas por nossos pés a cada passada se despegavam e rolavam pelo despenhadeiro e, instantes depois, se ouvia um som como de água onde cai um peso...

A noite era escuríssima. Apenas a lanterna alumiava o caminho tortuoso que seguíamos. O velho lançou os olhos à escuridão do abismo e riu-se.

– Espera-me aí – disse ele –, já venho.

Godofredo tomou a lanterna e seguiu para o cume da montanha: eu sentei-me no caminho à sua espera: vi aquela luz ora perder-se, ora reaparecer entre os arvoredos nos zigue-zagues do caminho. Por fim vi-a parar. O velho bateu a porta de uma cabana: a porta abriu-se. Entrou. O que aí se passou nem o sei: quando a porta abriu-se de novo uma mulher lívida e desgrenhada apareceu com um facho na mão.

A porta fechou-se. Alguns minutos depois o mestre estava comigo.

O velho assentou a lanterna num rochedo, despiu a capa e disse-me:

– Gennaro, quero contar-te uma história. É um crime, quero que sejas juiz dele. Um velho era casado com uma moça bela. De outras núpcias tinha uma filha bela também. Um aprendiz – um miserável que ele erguera da poeira, como o vento às vezes ergue uma folha, mas que ele podia reduzir a ela quando quisesse...

Eu estremeci, os olhares do velho pareciam ferir-me.

– Nunca ouviste essa história, meu bom Gennaro?

– Nunca – disse eu a custo e tremendo.

– Pois bem – esse infame desonrou o pobre velho, traiu-o como Judas ao Cristo.

– Mestre, perdão!

– Perdão! e perdoou o malvado ao pobre coração do velho?

– Piedade!

– E teve ele dó da virgem, da desonrada, da infanticida?

– Ah! – gritei.

– Que tens? conheces o criminoso?

A voz de escárnio dele me abafava.

– Vês, pois, Gennaro – disse ele mudando de tom –, se houvesse um castigo pior que a morte, eu to daria. Olha esse despenhadeiro! É medonho! se o visses de dia, teus olhos se escureceriam e aí rolarias talvez de vertigem! É um túmulo seguro; e guardará o segredo, como um peito o punhal. Só os corvos irão lá ver-te, só os corvos e os vermes. E pois, se tens ainda no coração maldito um remorso, reza tua última oração, mas seja breve. O algoz espera a vítima, a hiena tem fome de cadáver...

Eu estava ali pendente junto à morte. Tinha só a escolher o suicídio ou ser assassinado. Matar o velho era impossível. Uma luta entre mim e ele fora insana. Ele era robusto, a sua estatura alta, seus braços musculosos me quebrariam como o vendaval rebenta um ramo seco. Demais, ele estava armado. Eu... eu era uma criança débil: ao meu primeiro passo ele me arrojaria da pedra em cujas bordas eu estava... só me restaria morrer com ele, arrastá-lo na minha queda. Mas para quê?

E curvei-me no abismo: tudo era negro, o vento lá gemia embaixo nos ramos desnudos, nas urzes, nos espinhais ressequidos, e a torrente lá chocalhava no fundo escumado nas pedras.

Eu tive medo.

Orações, ameaças, tudo seria debalde.

– Estou pronto – disse.

O velho riu-se: infernal era aquele rir dos seus lábios estalados de febre. Só vi aquele riso... Depois foi uma vertigem... o ar que sufocava, um peso que me arrastava, como naqueles pesadelos em que se cai de uma torre e se fica preso ainda pela mão, mas a mão cansa, fraqueja, sua, esfria... Era horrível: ramo a ramo, folha por folha os arbustos me estalavam nas mãos, as raízes secas que saíam pelo despenhadeiro estalavam sobre meu peso e meu peito sangrava nos espinhais. A queda era muito rápida... De repente não senti mais nada... Quando acordei estava junto a uma cabana de camponeses que me tinham apanhado junto da torrente, preso nos ramos de uma azinheira gigantesca que assombrava o rio.

Era depois de um dia e uma noite de delírios que eu acordara. Logo que sarei, uma ideia me veio: ir ter com o mestre. Ao ver-me salvo assim daquela morte horrível, pode ser que se apiedasse de mim, que me perdoasse, e então eu seria seu escravo, seu cão, tudo o que houvesse mais abjeto num homem que se humilha – tudo! – contanto que ele me perdoasse. Viver com aquele remorso me parecia impossível. Parti pois: no caminho topei um punhal. Ergui-o: era o do mestre. Veio-me então uma ideia de vingança e de soberba. Ele quisera matar-me, ele tinha rido à minha agonia, e eu havia ir chorar-lhe ainda aos pés para ele repelir-me ainda, cuspir-me nas faces, e amanhã procurar outra vingança mais segura?... Eu humilhar-me quando ele me tinha abatido! Os cabelos me arrepiaram na cabeça, e suor frio me rolava pelo rosto.

Quando cheguei à casa do mestre achei-a fechada. Bati... não abriram. O jardim da casa dava para a rua: saltei o muro: tudo estava deserto e as portas que davam para ele estavam também fechadas. Uma delas era fraca: com pouco esforço arrombei-a. Ao estrondo da porta que caiu, só o eco respondeu nas salas. Todas as janelas estavam fechadas: nem uma lamparina acesa. Caminhei tateando até a sala do pintor. Cheguei lá, abri as janelas e a luz do dia derramou-se na sala deserta. Cheguei então ao quarto de Nauza, – abri a porta e um bafo pestilento corria daí. O raio da luz bateu em uma mesa. Junto estava uma forma de mulher com a face na mesa, e os cabelos caídos atirado numa poltrona um vulto coberto com um capote. Entre eles um copo onde se depositara um resíduo polvilhento. Ao pé estava um frasco vazio. Depois eu o soube – a velha da cabana era uma mulher que vendia veneno ela de certo que o vendera, porque o pó branco do copo parecia sê-lo...

Ergui os cabelos da mulher, levantei-lhe a cabeça... – Era Nauza, mas Nauza cadáver, já desbotada pela podridão. Não era aquela estátua alvíssima de outrora, as faces macias e colo de neve... Era um corpo amarelo... Levantei uma ponta da capa do outro: o corpo caiu de bruços com a cabeça para baixo; ressoou no pavimento o estalo do crânio... Era o velho!... morto também, roxo e apodrecido!... Eu o vi: da boca lhe corria uma escuma esverdeada.

....

V. CLAUDIUS HERMANN[42]

... Ecstacy!
My pulse as yours, doth temperately keep time
And makes as healthful music. It is not madness
That I have utter'd[43].
Shakespeare, *Hamlet.*

– E tu, Hermann! Chegou a tua vez. Um por um evocamos ao cemitério do passado um cadáver. Um por um erguemos-lhe o sudário para amostrar-lhe uma nódoa de sangue. Fala que chegou tua vez.

– Claudius sonha algum soneto ao jeito do Petrarca[44], alguma auréola de pureza como a dos espíritos puros da Messíada[45]! – disse entre uma fumaça e uma gargalhada Johann erguendo a cabeça da mesa.

– Pois bem! quereis um história? Eu pudera contá-las, como vós, loucuras de noites de orgia: mas para quê? Fora escárnio Fausto ir lembrar a Mefistófeles[46] as horas de perdição que lidou com ele. Sabei-las... essas minhas nuvens do passado, lestes-lo à farta o livro desbotado de minha existência libertina. Se o não lembrás – seis, a primeira mulher das ruas pudera contá-lo. Nessa torrente negra que se chama a vida e que corre para o passado enquanto nós caminhamos para o futuro, também desfolhei muitas crenças e me lancei, despidas as minhas roupas mais perfumadas, para trajar a túnica da saturnal! O passado é o que foi, é a flor que murchou, o sol que se apagou, o cadáver que apodreceu. Lágrimas a ele? fora loucura! Que durma, e que durma com suas lembranças negras! revivam, acordem apenas os miosótis abertos naquele pântano! sobreague naquele não ser o eflúvio de alguma lembrança pura!

– Bravo! Bravíssimo! Claudius, estás completamente bêbedo! bofé que estás romântico!

– Silêncio, Bertram! certo que esta não é uma lenda para inscrever-se após as vossas, uma dessas cousas que se contem com os cotovelos na toalha vermelha e os lábios borrifados de vinho e saciados de beijos... Mas que importa?

Vós todos que amais o jogo, que vistes um dia correr naquele abismo uma onda de ouro, redemoinhar-lhe no fundo, como um

---

[42] Hermann: nomeia um dos personagens do romance de Byron, *Manfred*, e de *Os bandoleiros*, de Schiller.

[43] Em inglês. Tradução: "Insânia! / Meu pulso, como o teu, bate compassado / E faz música sadia. Não é loucura / O que falei".

[44] Petrarca (1304-74): poeta lírico italiano.

[45] *Messíada:* epopeia bíblica *Der Messias*, do poeta alemão Friedrich Gottlieb Klopstock (1724-1803).

[46] Referência à lenda do Fausto, o homem que vendeu a alma ao demônio Mefistófeles em troca de bens terrenos.

mar de esperanças que se embate na ressaca do acaso, sabeis melhor que vertigem nos tonteia então... ideais-la melhor a loucura que nos delira naqueles jogos de milhares de homens, ou de fortuna. – Aspirações, a vida mesma vão-se na rapidez de uma corrida, onde todo esse complexo de misérias e desejos, de crimes e virtudes que se chama a existência se joga numa parelha de cavalos!

Apostei como homem a quem não doera empobrecer: o luxo também sacia: é essa uma saciedade terrível! para ela nada basta... nem as danças do Oriente, nem as lupercais[47] romanas, nem os incêndios de uma cidade inteira lhe alimentarão a seiva de morte, essa *vitalidade do veneno* de que fala Byron. Meu lance no *turf*[48] foi minha fortuna inteira. Eu era rico, muito rico então: em Londres ninguém ostentava mais dispendiosas devassidões, nenhum nababo numa noite esperdiçava somas como eu. O suor de três gerações derramava-o eu no leito das perdidas, e no chão das minhas orgias...

No instante em que as corridas iam começar, em que todos sentiam-se febris de impaciência, um murmúrio correu pelas multidões, um sorriso... e depois eram as fontes que se expandiam e depois uma mulher passou a cavalo.

Vísseis-la como eu – no cavalo negro, com as roupas de veludo, as faces vivas, o olhar ardente entre o desdém dos cílios, transluzindo a rainha em todo aquele ademane soberbo!... vísseis-la bela na sua beleza plástica e harmônica, linda nas suas cores puras e acetinadas, nos cabelos negros e a tez branca da fronte, o oval das faces coradas, o fogo de nácar dos lábios finos, o esmero do colo ressaltando nas roupas de amazona!... vísseis-la assim e, à fé, senhores, que não havíeis rir de escárnio como rides agora!

– Romantismo! deves estar muito ébrio, Claudius, para que nos teus lábios secos de Lovelace[49] e na tua insensibilidade de D. Juan venha a poesia ainda passar-te um beijo!

– Ride, sim! misérrimos! que não compreendeis o que porventura vai de incêndio por aqueles lábios de Lovelace e como arqueja o amor sob as roupas gotejantes de chuvas de D. Juan – o libertino! Insano, que nunca sonhastes Lovelace sem sua máscara talvez chorando Clarisse Harlowe – pobre anjo, cujas asas brancas ele ia desbotar, maldizendo essa fatalidade que fez do amor uma infâmia e um crime! Mil vezes insanos!... que nunca sonhastes o Espanhol acordando no lupanar, passando a mão pela fronte e rugindo de remorso e saudade ao lembrar tantas visões alvas do passado!

– Bravo! bravo!

– Poesia! poesia! – murmurou Bertram.

---

[47] Lupercais: festas orgíacas, bacanais.

[48] *Turf*: termo de origem inglesa, aportuguesado para turfe, que é o local onde se disputam corridas de cavalo.

[49] Lovelace: protagonista, ao lado de Clarissa Harlowe, do romance *Clarissa*, do escritor inglês Samuel Richardson (1689-1761).

– Poesia! por que pronunciar-lhe a virgem casta o nome santo como um mistério, no lodo escuro da taverna? Por que lembrá-la a estrela do amor à luz do lampião da crápula? Poesia! sabeis o que é a poesia?

– Meio cento de palavras sonoras e vãs que um pugilo de homens pálidos entende, uma escada de sons e harmonias que aquelas almas loucas parecem ideias e lhes despertam ilusões como a lua às sombras... Isto no que se chama os poetas. Agora, no ideal, na mulher, o ressaibo do último romance, o delírio e a paixão da última heroína de novela, e o presente incerto e vago de um gozo místico, pelo qual a virgem morre de volúpia, sem saber por quê...

– Silêncio, Bertram! teu cérebro queimaram-to os vinhos, como a lava de um vulcão as relvas e flores da campina. Silêncio! és como essas plantas que nascem e mergulham no mar morto: cobre-as uma cristalização calcária, enfezam-se e mirram. A poesia, eu to direi também por minha vez, é o voo das aves da manhã no banho morno das nuvens vermelhas da madrugada, é o cervo que se rola no orvalho da montanha relvosa, que se esquece da morte de amanhã, da agonia de ontem em seu leito de flores!

– Basta, Claudius, que isso que aí dizes ninguém o entende: são palavras, palavras e palavras, como o disse Hamlet; e tudo isso é inanido e vazio como uma caveira seca, mentiroso como os vapores infectos

da terra que o sol no crepúsculo irisa de mil cores e que se chamam as nuvens ou essa fada zombadora e nevoenta que se chama a poesia!

– A história! a história! Claudius, não vês que essa discussão nos fez bocejar de tédio?

– Pois bem, contarei o resto da história. No fim desse dia eu tinha dobrado minha fortuna.

No dia seguinte eu a vi: era no teatro. Não sei o que representaram, não sei o que ouvi, nem o que vi; sei só que lá estava uma mulher, bela como tudo quanto passa mais puro à concepção do estatuário. Essa mulher era a duquesa Eleonora... No outro dia vi-a num baile... Depois... Fora longo dizer-lo: seis meses! concebes? seis meses de agonia e desejo anelante, seis meses de amor com a sede da fera! seis meses! como foram longos!

Um dia achei que era demais. Todo esse tempo havia passado em contemplação, em vê-la, amá-la e sonhá-la: apertei minhas mãos jurando que isso não iria além, que era muito esperar em vão e que se ela viria como Gulnare aos pés do Corsário, a ele cabia ir ter com ela.

Uma noite tudo dormia no palácio do duque. A duquesa, cansada do baile, adormecia num divã. A lâmpada de alabastro estremecia-lhe sua luz dourada na testa pálida. Parecia uma fada que dormia ao luar...

O reposteiro do quarto agitou-se: um homem aí estava parado, absorto. Tinha a cabeça tão quente e febril e ele a repousava no portal.

A fraqueza era covarde: e demais, esse homem comprara uma chave e uma hora a infâmia venal de um criado; esse homem jurava que nessa noite gozaria aquela mulher: fosse embora veneno, ele beberia o mel daquela flor, o licor de escarlate daquela taça. Quanto a esses prejuízos de honra e adultério, não riais deles – não que ele ria disso. Amava e queria: a sua vontade era como a folha de um punhal – ferir ou estalar.

Na mesa havia um copo e um frasco de vinho, encheu o copo: era vinho espanhol... Chegou-se a ela, ergueu-a com suas roupas de veludo desatadas, seus cabelos a meio soltos ainda entremeados de pedraria e flores, seus seios meio nus, onde os diamantes brilhavam como gotas de orvalho, ergueu-a nos braços; deu-lhe um beijo. Ao calor daquele beijo, seminua, ela acordou: entre os vagos sonhos se lhe perdia uma ilusão talvez; murmurou "amor!" e com olhos entreabertos deixou cair a cabeça e adormeceu de novo.

O homem tirou do seio um frasquinho de esmeralda. Levou-o aos lábios entreabertos dela e verteu-lhe algumas gotas que ela absorveu sem senti-las. Deitou-a e esperou. Daí a instantes o sono dela era profundíssimo... A bebida era um narcótico onde se misturaram algumas gotas daqueles licores excitantes que acordam a febre nas faces e o desejo voluptuoso no seio.

O homem estava de joelhos, o seu peito tremia, e ele estava pálido como após de uma longa noite sensual. Tudo parecia vacilhar-lhe em torno...

Ela estava nua: nem veludo, nem véu leve a encobria. O homem ergueu-se, afastou o cortinado.

O homem era Claudius Hermann.

....

Quando me levantei, embucei-me na capa e saí pelas ruas. Queria ir ter a meu palácio, mas estava tonto como um ébrio. Titubeava e o chão era lúbrico como para quem desmaia. Uma ideia contudo me perseguia. Depois daquela mulher nada houvera mais para mim. Quem uma vez bebeu o suco das uvas purpurinas do paraíso, mais nunca deve inebriar-se do néctar da terra...

Quando o mel se esgotasse, o que restava a não ser o suicídio?

Uma semana se passou assim: todas as noites eu bebia nos lábios à dormida um século de gozo. Um mês, o mês em que delirantes iam os bailes do entrudo, em que mais cheia de febre ela adormecia quente, com as faces em fogo!...

Uma noite – era depois de um baile – eu esperei-a na alcova, escondido atrás do seu leito. No copo cheio d'água que estava junto à sua cabeceira derramara as últimas gotas do filtro, quando entrou ela com o duque.

Era ele um belo moço!! Antes de deixá-la passou-lhe as duas mãos pelas fontes e deu-lhe um beijo. Embevecido daquele beijo, o anjo pendeu a cabeça no ombro dele e enlaçou-o com seus braços nus, reluzentes das pulseiras de pedraria. O duque teve sede, pegou no copo da duqueza, bebeu algumas gotas; ela tomou-lhe o copo, bebeu o resto. Eu os vi assim: aquele esposo ainda tão moço, aquela mulher – ah! e tão bela!... de tez ainda virgem – e apertei o punhal...

– Virás hoje, Maffio? – disse ela.

– Sim, minh'alma.

Um beijo sussurrou, e afogou as duas almas. E eu na sombra sorri, porque sabia que ele não havia de vir.

....

Ele saiu, ela começou a despir-se. Eu lhas vi uma por uma caírem as roupas brilhantes, as flores e as joias, desatarem-se-lhe as trancas luzidias e negras e depois aparecia no véu branco do roupão transparente como as estátuas de ninfas meio nuas, com as formas desenhadas pela túnica repassada da água do banho.

O que vi... foi o que sonhara e muito, o que vos todos, pobres insanos, idealizastes um dia como a visão dos amores sobre o corpo da vendida! Eram os seios alvos e velados de azul, trêmulos de desejo, a cabeça perdida entre a chuva de cabelos negros, os lábios arquejantes, o corpo todo palpitante: era a languidez do desalinho, quando o corpo da beleza mais se enche de beleza, e como uma rosa que abre molhada de sereno, mais se expande, mais patenteia suas cores.

O narcótico era fortíssimo: uma sofreguidão febril lhe abria os beiços: extenuada e lânguida, caída no leito, com as pálpebras pálidas, os braços soltos e sem força – parecia beijar uma sombra.

....

Ergui-a do leito: carreguei-a com suas roupas diáfanas, suas formas cetinosas, os cabelos soltos úmidos ainda de perfume, seus seios ainda quentes...

Corri com ela pelos corredores desertos, passei pelo pátio – a última porta estava cerrada – abri-a.

Na rua estava um carro de viagem: os cavalos nitriam e escumavam de impaciência. Entrei com ela dentro do carro. Partimos.

Era tempo. Uma hora depois amanhecia.

Breve estivemos fora da cidade.

A madrugada aí vinha com seus vapores, seus rosais borrifados de orvalho, suas nuvens aveludadas, e as águas salpicadas de ouro e vermelhidão. A natureza corava ao primeiro beijo do sol, como branca donzela ao primeiro beijo do noivo: não como amante afanada de noite voluptuosa como a pintou o paganismo; antes como virgem acordada do sono infantil, meio ajoelhada ante Deus; que ora e murmura suas orações balsâmicas – ao céu que se azula – à terra que cintila – às águas que se douram. Essa madrugada baixava à terra como o hálito de Deus; e entre aquela luz e aquele ar fresco a duquesa dormia, pálida como os sonos daquelas criaturas místicas das iluminuras da Idade Média, bela como a Vênus dormida do Ticiano[50], e voluptuosa como uma das amásias do Veroneso[51].

Beijei-a: eu sentia a vida que se me evaporava nos seus lábios. Ela sobressaltou-se, entreabriu os olhos; mas o peso do sono ainda a acabrunhava, e as pálpebras descoradas se fecharam...

A carruagem corria sempre.

....

O sol estava a prumo no céu – era meio-dia: o calor abafava: pela fronte, pelas faces, pelo colo da duquesa rolavam gotas de suor como aljôfares de um colar roto... Paramos numa estalagem: lancei-lhe sobre a face um véu, tomei-a nos meus braços, e levei-a a um aposento.

Ela devia ser muito bela assim! os criados paravam nos corredores: era assombro de tanta beleza, mais ainda que curiosidade indiscreta.

A dona da casa chegou-se a mim.

– Senhor, vossa esposa ou irmã, quem quer que ela seja, de certo precisara de uma criada que a sirva...

– Deixai-me, ela dorme.

Foi essa a minha única resposta.

Deitei-a no leito, corri os cortinados, cerrei as janelas para que a luz lhe não turbasse o sono. Não havia ali ninguém que nos visse; estávamos sós, o homem e seu anjo; e a criatura da terra ajoelhou-se ao pé do leito da criatura do céu.

Não sei quanto tempo correu assim, não sei se dormia,mas sei que sonhava muito amor e muita esperança, não sei se velava, mas eu a via sempre ali, eu lhe contemplava cada movimento gracioso do dormir, eu estremecia a cada alento que lhe tremia os seios, e tudo me parecia um sonho, um desses sonhos a que a alma se abandona como um cisne que modorra ao som das águas... Não sei quanto tempo correu assim: sei só que o meu delíquio quebrou-se, a duquesa estava sentada sobre o leito, com os braços nus afastava as ondas do cabelo solto que lhe cobria o rosto e o colo.

---

[50] Ticiano Vecellio (c. 1490-1576): pintor italiano do período de apogeu da arte veneziana.

[51] Paolo Cagliari Veroneso (1528-88): pintor italiano da escola veneziana.

– É um sonho? – murmurou. – Onde estou eu? quem é esse homem encostado em meu leito?

O homem não respondeu.

Ela desceu da cama: seu primeiro impulso foi o pudor: quis encobrir com as mãozinhas os seios palpitantes de susto. Sentiu-se quase nua, exposta às vistas de um estranho, e tremia como contam os poetas que tremera Diana ao ver-se exposta, no banho, nua às vistas de Acteon[52].

– Senhor, dizei-me por compaixão, se tudo isso não é uma ilusão... se não fora uma infâmia! Nem quero pensá-lo. Maffio não deve tardar, não é assim? o meu Maffio!... Tudo isso é uma comédia...Mas que alcova é esta? Eu adormeci no meu palácio... como despertei numa sala desconhecida? Dizei, tudo isso é um brinco de Maffio? quer se rir de mim?... Mas, vede, vede, eu tremo, tenho medo.

O homem não respondia: tinha os olhos a fito naquela forma divina. Seria a estátua da paixão na palidez, no olhar imóvel, nos lábios sedentos, se o arfar do peito lhe não denunciasse a vida.

Ela ajoelhou-se: nem sei o que ela dizia. Não sei que palavras se evaporaram daqueles lábios: eram perfumes, porque as rosas do céu só têm perfumes; eram harmonias, porque as harpas do céu só têm harmonias; e o lábio da mulher bela é uma rosa divina, e seu coração é uma harpa do céu. Eu a escutava, mas não a entendia, sentia só que aquelas falas eram muito doces, que aquela voz tinha um talismã irresistível para minh'alma, porque só nos meus sonhos de infante que se ilude de amores, uma voz assim me passara. Os gemidos de duas virgens abraçadas no céu, douradas da luz da face de Deus, empalidecidas pelos beijos mais puros, pelo tremuloso dos abraços mais palpitantes, não seriam tão suaves assim!

A moça chorava, soluçava: por fim ela ergueu-se.

Eu a vi correr à janela, ia abri-la... Eu corri a ela e tomei-a pelas mãos...

– Pois bem – disse ela – eu gritarei... se não for um deserto, se alguém passar por aqui... talvez me acudam... Socor...

Eu tapei-lhe a boca com as mãos...

– Silêncio, senhora!

Ela lutava para livrar-se de minhas mãos: por fim sentiu-se enfraquecida. Eu soltei-a de pena dela.

– Então, dizei-me onde estou... dizei-mo, ou eu chamarei por socorro...

– Não gritareis, senhora!

– Por compaixão então esclarecei-me nesta dúvida: por que tudo isso que eu vejo? Tudo o que penso, o que adivinho é muito horrível!

---

[52] Diana e Acteon: referência a uma história da mitologia grega em que a deusa Diana é vista nua pelo caçador Acteon. Furiosa, ela o castiga, transformando-o em veado e faz com que seja devorado pelos seus próprios cães caçadores.

– Escutai pois – disse-lhe eu. – Havia uma mulher... era um anjo. Havia um homem que a amava, como as águas amam a lua que as prateia, como as águias da montanha o sol que as fita, que as enche de luz e de amor. Nem sei quem ele era: ergueu-se um dia de uma vida de febre, esqueceu-a; e esqueceu o passado, diante de uns olhos transparentes de mulher, as manchas de sua história, numa aurora de gozos, onde se lhe desenhava a sombra desse anjo... Escutai: não o amaldiçoeis! Esse homem tinha muita infâmia no passado, profanara sua mocidade, prostituíra-a como a borboleta de ouro a sua geração, lançando-a no lodo; frio, sem crenças, sem esperanças, abafara uma por uma sua ilusões, como a infanticida seus filhos... Deus o tinha amaldiçoado talvez! ou ele mesmo se amaldiçoara... Esquecera que era homem, e tinha no seu peito harmonias santas como as do poeta... Ele as esquecera, e elas dormiam-lhe no mistério como os suspiros nas cordas de uma guitarra abandonada. Esquecera que a natureza era bela e muito bela, que o leito das flores da noite era recendente, que a lua era a lâmpada dos amores, as aragens do vale, os perfumes do poeta no seu noivado com os anjos, e que a aurora tinha eflúvios frescos... e com suas nuvens virginais, suas folhas molhadas de orvalho, suas águas nevoentas tinha encantos que só as almas puras entendem! Tudo isso enjeitou, esqueceu... para só lembrar a furto e com escárnio nas horas suarentas da devassidão... Ele era muito infame!

– Mas tudo isso não me diz quem sois vós... nem por que estou aqui...

– Escutai. – O libertino amou pois o anjo, voltou o rosto ao passado, despiu-se dele como de um manto impuro. Retemperou-se no fogo do sentimento, apurou-se na virgindade daquela visão, porque ela era bela como uma virgem, e refletia essa luz virgem do espírito, nesse brilho d'alma divina que alumia as formas, que não são da terra, mas do céu. Ainda o tempo não eivara o coração do insano de uma lepra sem cura, nem selo inextinguível lhe gravara na fronte – *impureza*! Deixou-se do viver que levara, desconheceu seus companheiros, suas amantes venais, suas insônias cheias de febre, quis apagar todo o gosto da existência, como o homem que perdeu uma fortuna inteira no jogo quer esquecer a realidade.

E o homem pôde esquecer tudo isto. Mas ele não era ainda feliz. As noites passava-as ao redor do palácio dela, via-a às vezes bela e descorada ao luar, no terraço deserto, ou distinguia suas formas na sombra que passava pelas cortinas da janela aberta de seu quarto iluminado. Nos bailes seguia com olhares de inveja aquele corpo que palpitava nas danças. No teatro, entre o arfar das ondas da harmonia, quando o êxtase boiava naquele ambiente balsâmico e luminoso, ele nada via senão ela – e só ela! E as horas de seu leito... suas horas de sono não, que mal as dormia, porque às vezes eram longas de impaciência e insônia, outras vezes eram curtas de sonhos ardentes! O pobre insano teve um dia uma ideia: era negra sim, mas era a da ventura. O que fez não sei, nem o saberei nunca. E depois bastante ébrio para vos sonhar, bastante louco para nos sonhos de fogo de seu delírio imaginar gozar-vos, foi profano assaz para roubar a um templo o cibório[53] d'ouro mais puro. Esse homem... tende compaixão dele, que ele vos amará de joelhos... ó anjo, Eleonora...

– Meu Deus! meu Deus! por que tanta infâmia, tanto lodo sobre mim? Ó minha Madona[54]! por que maldissestes minha vida, por que deixastes cair na minha cabeça uma nódoa tão negra?

As lágrimas, os soluços abafavam-lhe a voz.

– Perdoai-me, senhora, aqui me tendes a vossos pés! tende pena de mim, que eu sofri muito, que amei-vos, que vos amo muito! Compaixão! que serei vosso escravo, beijarei vossas plantas, ajoelhar-me-ei a noite à vossa porta, ouvirei vosso ressonar, vossas orações, vossos sonhos... e isso me bastará... Serei vosso escravo e vosso cão, deitar-me-ei a vossos pés quando estiverdes acordada, velarei com meu punhal quando a noite cair, e, se algum dia, se algum dia vós me puderdes amar... então... então...

– Oh! deixai-me! deixai-me!...

– Eleonora! Eleonora! Perder noites e noites numa esperança! Alentá-la no peito como uma flor que murcha de frio, alentá-la, revivê-la cada dia, para vê-la desfolhada sobre meu rosto! Absorver-me em amor e só ter irrisão e escárnio! Dizei antes ao pintor que rasgue sua Madona, ao escultor que despedace a sua estátua de mulher.

Louca, pobre louca que sois! credes que um homem havia de encarnar um pensamento em sua alma, viver desse cancro, embeber-se da vitalidade da dor, para depois rasgá-lo do seio? Credes que ele consentiria que se lhe pisasse no coração, que lhe arrancassem... a ele, poeta e amante! a coroa de ilusões as flores uma por uma, que pela noite da desgraça, ao amor insano de uma mãe lhe sufocassem sobre o seio a criatura de seu sangue, o filho de sua vida, a esperança de suas esperanças?

– Oh! e não tereis vós também dó de mim? Não sabeis-lo? Isto é infame! sou uma pobre mulher. De joelhos eu vos peço perdão se vos ofendi... Eu vo-lo peço, deixai-me! que me importam vossos sonhos, vosso amor!

Doía-me profundamente aquela dor, aquelas lágrimas me queimavam. Mas minha vontade fez-se rija e férrea como a fatalidade.

– Que te importam meus sonhos, que te importam meus amores? Sim, tens razão! Que importa à água do deserto e à gazela do areal que o árabe tenha sede ou que o leão tenha

[53] Cibório: vaso sagrado em forma de cálice com tampa onde são guardadas as hóstias e partículs consagradas para a comunhão.

[54] Em italiano. Tradução: "Virgem Maria".

fome? Mas a sede e a fome são fatais. O amor é como eles: – entendes-me agora?

– Matai-me então! Não tereis um punhal! Uma punhalada pelo amor de Deus! Eu juro, eu vos abençoarei...

– Morrer! e pensas no morrer! Insensata! Descer do leito morno do amor à pedra fria dos mortos! Nem sabes o que dizes. Sabes o que é essa palavra: – morrer? É a dúvida que afana a existência, é a dúvida, o pressentimento que resfria a fronte do suicida, que lhe passa nos cabelos como um vento de inverno e nos empalidece a cabeça como Hamlet! Morrer! é a cessação de todos os sonhos, de todas as palpitações do peito, de todas as esperanças! É estar peito a peito com nossos antigos amores e não senti-los! Douda! é um noivado medonho o do verme, um lençol bem negro, o da mortalha! Não faleis nisso; por que lembrar o coveiro junto ao leito da vida? Põe a mão no teu coração... bate... e bate com força, como o feto nas entranhas de sua mãe. Há aí dentro muita vida ainda, muito amor por amor, muito fogo por viver! Oh! se tu quisesses amar-me!

Ela escondeu a cabeça nas mãos e soluçou.

– E impossível: eu não posso amar-vos!

Eu disse-lhe:

– Eleonora, ouve-me, deixo-te só, velarei contudo sobre ti daquela porta. Resolve-te, seja uma decisão firme sim, mas pensada. Lembra-te que hoje não poderás voltar ao mundo: o duque Maffio seria o primeiro que fugiria de ti, a torpeza do adultério senti-la-ia ele nas tuas faces, creria roçar na tua boca a umidade de um beijo de estranho. E ele te amaldiçoaria! Vê: além a maldição e o escárnio, a irrisão das outras mulheres, a zombaria vingativa daqueles que te amaram e que não amaste. Quando entrares, dir-se-á: ei-la! arrependeu-se! o marido... pobre dele! perdoou-a... As mães te esconderão suas filhas, as esposas honestas terão pejo de tocar-te... E aqui, Eleonora, aqui terás meu peito e meu amor, uma vida só para ti, um homem que só pensará em ti e sonhará sempre contigo; um homem cujo mundo serás tu, serão teus risos, teus olhares, teus amores, que se esquecerá de *ontem* e de *amanhã* para fazer como um Deus de ti a sua Eternidade. Pensa, Eleonora! se quisesses, partiríamos hoje; uma vida de venturas nos espera. Sou muito rico, bastante para adornar-te como uma rainha. Correremos a Europa, iremos ver a França com seu luxo, a Espanha, onde o clima convida ao amor, onde as tardes se embalsamam nos laranjais em flor, onde as campinas se aveludam e se matizam de mil flores, iremos à Itália, à tua pátria e, no teu céu azul, nas tuas noites límpidas, nos teus crepúsculos suavíssimos viver de novo ao sol meridional!... Se quiseres...senão seria horrível... não sei o que aconteceria: mas quem entrasse neste quarto levaria os pés ensopados de sangue...

Saí: duas horas depois voltei.

– Pensaste, Eleonora?

Ela não respondeu. Estava deitada com o rosto entre as mãos. À minha voz ergueu-se. Havia um papel molhado de suas lágrimas sobre o leito. Estendi a mão para tomá-lo, ela entregou-mo.

Eram uns versos meus. Olhei para a mesa, minha carteira de viagem, que eu trouxera do carro, estava aberta, os papéis eram revoltos. Os versos eram estes.

Claudius tirou do bolso um papel amarelado e amarrotado, atirou-o na mesa. Johann leu:

Não me odeies, mulher, se no passado
Nódoa sombria desbotou-me a vida,
– É que os lábios queimei no vício ardente
E de tudo descri com fronte erguida.

A masc'ra de Don Juan queimou-me o rosto
Na fria palidez do libertino:
Desbotou-me esse olhar... e os lábios frios
Ousam de maldizer do meu destino.

Sim! longas noites no fervor do jogo
Esperdicei febril e macilento
E votei o porvir ao Deus do acaso
E o amor profanei no esquecimento!

Murchei no escárnio as coroas do poeta,
Na ironia da glória e dos amores:
Aos vapores do vinho, à noite insano
Debrucei-me do jogo nos fervores!

A flor da mocidade profanei-a
Entre as águas lodosas do passado...
No crânio a febre, a palidez nas faces
Só cria no sepulcro sossegado!

E asas límpidas do anjo em colo impuro
Mareei nos bafos da mulher vendida,
Inda nos lábios me roxeia o selo
Dos ósculos da perdida.

E a mirra das canções nem mais vapora
Em profanada taça eivada e negra:
Mar de lodo passou-me ao rio d'alma
As níveas flores me estalou das bordas.
Sonho de glórias!... só me passa a furto

Qual flor aberta, a meda, em chão de tumbas
– Abatida e sem cheiro...

O meu amor... o peito o silencia:
Guardo-o bem fundo em sombras do sacrário.
Onde ervaçal não se abastou nos ermos.
Meu amor foi visão de roupas brancas
Da orgia à porta, fria e soluçando:
Lâmpada santa erguida em leito infame,
Vaso templário da taverna à mesa,
Estrela-d'alva refletindo pálida
No tremedal do crime.

Como o leproso das cidades velhas
Sei me fugiras com horror aos beijos.
Sei, no doudo viver dos loucos anos
As crenças desflorei em negra insânia...
– Vestal, prostitui as formas virgens,
Lancei eu próprio ao mar da c'roa as folhas,
Troquei a rósea túnica da infância
Pelo manto das orgias.

Oh! não me ames sequer! Pois bem! um dia
Talvez diga o Senhor ao podre Lázaro:
Ergue-te aí do lupanar da morte,
Revive ao fresco do viver mais puro!
E viverei de novo: a mariposa
Sacode as asas, estremece-as, brilha.
Despindo a negra tez, a baba imunda
Da larva desbotada.

Então, mulher, acordarei, do lodo,
Onde Satã se pernoitou comigo,
Onde inda morno perfumou seu molde
Cetinosa nudez de formas níveas.
E a loura meretriz nos seios brancos
Deitou-me a fronte lívida, na insônia
Quedou-me a febre da volúpia à sede
Sobre os beijos vendidos.

E então acordarei ao sol mais puro,
Cheirosa a fronte às auras da esperança!
Lavarei-me da fé nas águas d'oiro
De Madalena em lágrimas... e ao anjo
Talvez que Deus me dê, curvado e mudo,

Nos eflúvios do amor libar um beijo,
Morrer nos lábios dele!

Ela calou-se: chorava e gemia.

Acerquei-me dela: ajoelhei-me como ante Deus.

– Eleonora, sim ou não?

Ela voltou o rosto para o outro lado, quis falar... interrompia-se a cada sílaba.

– Esperai, deixai que ore um pouco, a Madona talvez me perdoe.

Esperava eu sempre. – Ela ajoelhou-se.

– Agora... disse ela erguendo-se e estendendo-me a sua mão.

– Então?

– Irei contigo.

E desmaiou.

....

Aqui parou a história de Claudius Hermann.

Ele abaixou a cabeça na mesa, não falou mais.

– Dormes, Claudius? Por Deus! ou está bêbedo ou morto!

Era Archibald que o interpelava: sacudia-o a toda a força.

Claudius levantou um pouco a cabeça, estava macilento, tinha os olhos fundos numa sombra negra.

– Deixai-me, amaldiçoados! deixai-me pelo céu ou pelo inferno! não vedes que tenho sono... sono e muito sono?

– E a história, a história? – bradou Solfieri.

– E a duquesa Eleonora? – perguntou Archibald.

– É verdade... a história. Parece-me que olvidei tudo isso. Parece que foi um sonho!

– E a Duquesa?

– A Duquesa... Parece-me que ouvi esse nome alguma vez... Com os diabos, que me importa?

Aí quis prosseguir, mas uma força invencível o prendia.

– A Duquesa... é verdade! Mas como esqueci tudo isso que não me alembro?... Tirai-me da cabeça esse peso... Bofé que me encheram o crânio de chumbo derretido!... – e ele batia na cabeça macilenta como um médico no peito do agonizante para encontrar um eco de vida.

– Então?

– Ah! ah! ah! – gargalhou alguém que tinha ficado estranho à conversa.

– Arnold ! cala-te!

– Cala-te antes, Solfieri! eu contarei o fim da história.

Era Arnold o loiro que acordava.

– Escutai vós todos – disse. – Um dia Claudius entrou em casa. Encontrou o leito ensopado de sangue e num recanto escuro da alcova um doudo abraçado com um cadáver. O cadáver era o de Eleonora, o doudo nem o puderíeis conhecer tanto a agonia o desfigurara. Era uma cabeça hirta e desgrenhada, uma tez esverdeada, uns olhos fundos e baços onde o lume da insânia cintilava a furto como a emanação luminosa dos pauis[55] entre as trevas...

Mas ele o conheceu... – Era o Duque Maffio...

Claudius soltou uma gargalhada. – Era sombria como a insânia, fria como a espada do anjo das trevas. Caiu ao chão: lívido e suarento como a agonia, inteiriçado como a morte...

Estava ébrio como o defunto patriarca Noé, o primeiro amante da vinha, virgem desconhecida, até então, e hoje prostituta de todas as bocas... ébrio como Noé, o primeiro borracho de que reza a história! Dormia pesado e fundo como o apóstolo S. Pedro no Horto das Oliveiras... O caso é que ambos tinham ceado à noite...

Arnold estendeu a capa no chão e deitou-se sobre ela.

Daí a alguns instantes os seus roncos de barítono se mesclavam ao magno concerto dos roncos dos dormidos.

[55] Pauis: terra alagadiça, pântano; porção de água estagnada.

VI. JOHANN

Pour quoi? c'est que mon coeur au milieu des délices,
D'un souvenir jaloux constamment oppressé,
Froid au bonheur présent, va chercher ses supplices
Dans l'avenir et le passé[56].
A. Dumas

– Agora a minha vez! Quero lançar também uma moeda em vossa urna: é o cobre azinhavrado do mendigo: pobre esmola por certo!

Era em Paris, num bilhar. Não sei se o fogo do jogo me arrebatara, ou se o kirsch[57] e o curaçau me queimaram demais as ideias... Jogava contra mim um moço: chamava-se Artur.

Era uma figura loura e mimosa como a de uma donzela. Rosa infantil lhe avermelhava as faces, mas era uma rosa de cor desfeita. Leve buço lhe sombreava o lábio, e pelo oval do rosto uma penugem dourada lhe assomava como a felpa que rebuça o pêssego.

Faltava um ponto a meu adversário para ganhar. A mim, faltavam-me não sei quantos: sei só que eram muitos e pois se requeria um grande sangue frio e muito esmero no jogar.

Soltei a bola. Nessa ocasião o bilhar estremeceu...

O moço louro, voluntariamente ou não, se encostara ao bilhar... A bola desviou-se, mudou de rumo: com o desvio dela perdi... A raiva levou-me de vencida. Adiantei-me para ele. A meu olhar ardente o mancebo sacudiu os cabelos louros e sorriu como de escárnio.

Era demais! Caminhei para ele: ressoou uma bofetada. O moço convulso caminhou para mim com um punhal, mas nossos amigos nos sustiveram.

– Isso é briga de marujo. O duelo, eis a luta dos homens de brio.

O moço rasgou nos dentes uma luva e atirou-ma à cara. Era insulto por insulto, lodo por lodo: tinha de ser sangue por sangue.

Meia hora depois tomei-lhe a mão com sangue frio e disse-lhe no ouvido:

– Vossas armas, senhor?

– Sabê-las-eis no lugar.

– Vossas testemunhas?

– A noite e minhas armas.

– A hora?

– Já.

– O lugar?

– Vireis comigo... Onde pararmos aí será o lugar...

---

[56] Em francês. Tradução: "Por quê? É que meu coração, em meio às delícias / De uma lembrança ciumenta constantemente oprimido / Indiferente à felicidade presente, vai procurar tormentos / no futuro e no passado".

[57] *Kirsch*: termo derivado do alemão; bebida alcoólica feita de uma espécie de cereja silvestre.

– Bem, muito bem: estou pronto, vamos.

Dei-lhe o braço e saímos. Ao ver-nos tão frios a conversar creram uma satisfação. Um dos assistentes contudo entendeu-nos.

Chegou a nós e disse:

– Senhores, não há pois meio de conciliar-vos?

Nós sorrimos ambos.

– É uma criançada – tornou ele.

Nós não respondemos.

– Se precisardes de uma testemunha, estou pronto.

Nós nos curvamos ambos.

Ele entendeu-nos: viu que a vontade era firme e afastou-se.

Nós saímos.

....

Um hotel estava aberto. O moço levou-me para dentro.

– Moro aqui, entrai – disse-me.

Entramos.

– Senhor – disse ele –, não há meio de paz entre nós: um bofetão e uma luva atirada às faces de um homem são nódoas que só o sangue lava. É pois um duelo de morte.

– De morte – repeti como um eco.

– Pois bem: tenho no mundo só duas pessoas – minha mãe e... Esperai um pouco.

O moço pediu papel, pena e tinta. Escreveu: as linhas eram poucas. Acabando a carta deu-ma a ler.

– Vede, não é uma traição – disse.

– Artur, creio em vós: não quero ler esse papel.

Repeli o papel. Artur fechou a carta, selou o lacre com um anel que trazia no dedo. Ao ver o anel uma lágrima correu-lhe na face e caiu sobre a carta.

– Senhor, sois um homem de honra. Se eu morrer, tomai esse anel: no meu bolso achareis uma carta, entregareis tudo a... Depois dir-vos-ei a quem...

– Estais pronto? – perguntei.

– Ainda não! antes de um de nós morrer é justo que brinde o moribundo ao último crepúsculo da vida. Não sejamos abissínios: demais, o sol no cinábrio do poente ainda é belo.

O vinho do Reno correu em águas d'oiro nas taças de cristal verde. O moço ergueu-se.

– Senhor, permita que eu faça uma saúde convosco.

– A quem?

– É um mistério... é uma mulher, porque o nome daquela que se apertou uma vez nos lábios, a quem se ama, é um segredo. Não a fareis?

– Seja como quiserdes – disse eu.

Batemos os copos. O moço chegou à janela. Derramou algumas gotas de vinho do Reno à noite. Bebemos.

– Um de nós fez a sua última saúde – disse ele. Boa noite para um de nós... bom leito e sonos sossegados para o filho da terra!

Foi a uma secretária, abriu-a, tirou duas pistolas.

– Isto é mais breve – disse ele. – Pela espada é mais longa a agonia. Uma delas está carregada, a outra não. Tirá-las-emos à queima-roupa.

– É um assassinato...

– Não dissemos que era um duelo de morte, que um de nós devia morrer?

– Tendes razão. Mas dizei-me, aonde iremos?

– Vinde comigo. À primeira esquina deserta dos arrabaldes. Qualquer canto de rua é bastante sombrio para dois homens dos quais um tem de matar o outro.

À meia-noite estávamos fora da cidade. Ele pôs as duas pistolas no chão.

– Escolhei, mas sem tocá-las.

Escolhi.

– Agora vamos – disse eu.

– Esperai, tenho um pressentimento frio e uma voz suspirosa me geme no peito. Quero rezar... é uma saudade por minha mãe.

Ajoelhou-se. À vista daquele moço de joelhos – talvez sobre um túmulo – lembrei-me que eu também tinha mãe e uma irmã... e que eu as esquecia. Quanto a amantes, meus amores eram como a sede dos cães das ruas, saciavam-se na água ou na lama... Eu só amara mulheres perdidas.

– É tempo – disse ele.

Caminhamos frente a frente. As pistolas se encostaram nos peitos. As espoletas estalaram, um tiro só estrondou, ele caiu quase morto...

– Tomai, – murmurou o moribundo e acenava-me para o bolso.

Atirei-me a ele. Estava afogado em sangue. Estrebuchou três vezes e ficou frio... Tirei-lhe o anel da mão. Meti-lhe a mão no bolso como ele o dissera. Achei dois bilhetes.

A noite era escura: não pude lê-los.

Voltei à cidade. À luz baça do primeiro lampião vi os dois bilhetes. O primeiro era a carta para sua mãe. O outro estava aberto, li:

A uma hora da noite na rua de... nº 60,
1º andar: acharás a porta aberta.
Tua G.

Não tinha outra assinatura.

Eu não soube o que pensar. Tive uma ideia: era uma infâmia.

Fui à entrevista. Era no escuro. Tinha no dedo o anel que trouxera do morto... Senti uma mãozinha acetinada tomar-me pela mão, subi. A porta fechou-se.

Foi uma noite deliciosa! A amante do louro era virgem! Pobre Romeu! Pobre Julieta! Parece que essas duas crianças levavam a noite em beijos infantis e em sonhos puros!

(Johann encheu o copo, bebeu-o, mas estremeceu.)

Quando eu ia sair, topei um vulto à porta.

– Boa noite, cavalheiro... eu vos esperava há muito.

Essa voz pareceu-me conhecida. Porem eu tinha a cabeça desvairada...

Não respondi: o caso era singular. Continuei a descer, o vulto acompanhou-me. Quando chegamos à porta vi luzir a folha de uma faca. Fiz um movimento e a lâmina resvalou-me no ombro. A luta fez-se terrível na escuridão. Eram dois homens que se não conheciam, que não pensavam talvez terem-se visto um dia à luz, e que não haviam mais ver-se porventura ambos vivos.

O punhal escapou-lhe das mãos, perdeu-se no escuro: subjuguei-o. Era um quadro infernal, um homem na escuridão abafando a boca do outro com a mão, sufocando-lhe a garganta com o joelho, e a outra mão a tatear na sombra procurando um ferro.

Nessa ocasião senti uma dor horrível: frio e dor me correram pela mão. O homem morrera sufocado, e na agonia me enterrara os dentes pela carne. Foi a custo que desprendi a mão sanguenta e descarnada da boca do cadáver. Ergui-me.

Ao sair tropecei num objeto sonoro. Abaixei-me para ver o que era. Era uma lanterna furta-fogo. Quis ver quem era o homem. Ergui a lâmpada...

O último clarão dela banhou a cabeça do defunto... e apagou-se...

Eu não podia crer: era um sonho fantástico toda aquela noite. Arrastei o cadáver pelos ombros... levei-o pela laje da calçada até o lampião da rua, levantei-lhe os cabelos ensanguentados do rosto... (Um espasmo de medo contraiu horrivelmente a face do narrador... Tomou o copo, foi beber... os dentes lhe batiam como de frio... o copo estalou-lhe nos lábios.)

Aquele homem – sabei-lo!?... era do sangue do meu sangue, era filho das entranhas de minha mãe como eu... era meu irmão! Uma ideia passou ante meus olhos como um anátema. Subi ansioso ao sobrado. Entrei. A moça desmaiara de susto ouvindo a luta. Tinha a face fria como o mármore. Os seios nus e virgens estavam parados e gélidos como os de uma estátua... A forma de neve eu a sentia meio nua entre os vestidos desfeitos, onde a infâmia asselara a nódoa de uma flor perdida.

Abri a janela, levei-a até aí...

Na verdade que sou um maldito! Olá, Archibald, dá-me um outro copo, enche-o de conhaque enche-o até a borda! Vede!... sinto frio, muito frio... tremo de calafrios e o suor me corre nas faces! Quero o fogo dos espíritos! a ardência do cérebro ao vapor que tonteia... quero esquecer!

– Que tens, Johann? tiritas como um velho centenário!

– O que tenho? o que tenho? não o vedes, pois? Era minha irmã!

VII. ÚLTIMO BEIJO DE AMOR

Well Juliet! I shall lie with thee to night[58]!
Shakespeare, *Romeu e Julieta*

A noite ia alta: a orgia findara. Os convivas dormiam repletos, nas trevas.

Uma luz raiou súbito pelas fisgas da porta. A porta abriu-se. Entrou uma mulher vestida de negro. Era pálida, e a luz de uma lanterna, que trazia erguida na mão, se derramava macilenta nas faces dela e dava-lhe um brilho singular aos olhos. Talvez que um dia fosse uma beleza típica, uma dessas imagens que fazem descorar de volúpia nos sonhos de mancebo. Mas agora com sua tez lívida, seus olhos acesos, seus lábios roxos, suas mãos de mármore, e a roupagem escura e gotejante da chuva, disséreis antes o anjo perdido da loucura.

A mulher curvou-se: com a lanterna na mão procurava uma por uma entre essas faces dormidas um rosto conhecido.

Quando a luz bateu em Arnold, ajoelhou-se. Quis dar-lhe um beijo, alongou os lábios... Mas uma ideia a susteve. Ergueu-se. Quando chegou a Johann, que dormia, um riso embranqueceu-lhe os beiços: o olhar tornou-se-lhe sombrio.

Abaixou-se junto dele: depôs a lâmpada no chão. O lume baço da lanterna dando nas roupas dela espalhava sombra sobre Johann. A fronte da mulher pendeu e sua mão passou na garganta dele. Um soluço rouco e sufocado ofegou daí. A desconhecida levantou-se. Tremia, e ao segurar na lanterna ressoou-lhe na mão um ferro...Era um punhal... Atirou-o no chão. Viu que tinha as mãos vermelhas... enxugou-as nos longos cabelos de Johann...

Voltou a Arnold; sacudiu-o.

– Acorda e levanta-te!

– Que me queres?

– Olha-me... não me conheces?

– Tu! e não é um sonho? És tu! oh! deixa que eu te aperte ainda! Cinco anos sem ver-te! Cinco anos! E como mudaste!

– Sim, já não sou bela como há cinco anos! É verdade, meu louro amante! É que a flor de beleza é como todas as flores. Alentai-as ao orvalho da virgindade, ao vento da pureza e serão belas... Revolvei-as no lodo... e, como os frutos que caem e mergulham nas águas do mar, cobrem-se de um invólucro impuro e salobro! Outrora era Geórgia, a virgem: mas hoje e Geórgia, a prostituta!

– Meu Deus! meu Deus!

E o moço sumiu a fronte nas mãos.

– Não me amaldiçoes, não!

---

58 Em inglês. Tradução: "Bem, Julieta! Deitarei contigo esta noite!".

– Oh! deixa que me lembre: estes cinco anos que passaram foram um sonho. Aquele homem do bilhar, o duelo à queima-roupa, meu acordar num hospital, essa vida devassa onde me lançou a desesperação, isto é um sonho? Oh! lembremo-nos do passado! Quando o inverno escurece o céu, cerremos os olhos; pobres andorinhas moribundas, lembremo-nos da primavera!...

– Tuas palavras me doem... É um adeus, é um beijo de adeus e separação que venho pedir-te; na terra nosso leito seria impuro, o mundo manchou nossos corpos. O amor do libertino e da prostituta! Satã riria de nós. É no céu, quando o túmulo nos lavar em seu banho, que se levantará nossa manhã de amor...

– Oh! ver-te e para deixar-te ainda uma vez! E não pensaste, Geórgia, que me fora melhor ter morrido devorado pelos cães na rua deserta, donde me levantaram cheio de sangue? Que fora-te melhor assassinar-me no dormir do ébrio, do que apontar-me a estrela errante da ventura e apagar-me a do céu? Não pensaste que, após cinco anos, cinco anos de febre e de insônias, de esperar e desesperar, de vida por ti, de saudades e agonia, fora o inferno ver-te para deixar-te?

– Compaixão, Arnold! É preciso que esse adeus seja longo como a vida. Vês, minha sina é negra: nas minhas lembranças há uma nódoa torpe... Hoje! é o leito venal... Amanhã!... só espero no leito do túmulo! Arnold! Arnold!

– Não me chames Arnold! chama-me Artur como dantes. Artur! não ouves? Chama-me assim! Há tanto tempo que não ouço me chamarem por esse nome!... Eu era um louco! quis afogar meus pensamentos e vaguei pelas cidades e pelas montanhas deixando em toda a parte lágrimas... nas cavernas solitárias, nos campos silenciosos, e nas mesas molhadas de vinho! Vem, Geórgia! senta-te aqui, senta-te nos meus joelhos, bem conchegada a meu coração... tua cabeça no meu ombro! Vem! um beijo! quero sentir ainda uma vez o perfume que respirava outrora nos teus lábios. Respire-o eu e morra depois!... Cinco anos! oh! tanto tempo a esperar-te, a desejar uma hora no teu seio!... Depois... escuta... tenho tanto a dizer-te! tantas lágrimas a derramar no teu colo! Vem! e dir-te-ei toda a minha história! minhas ilusões de amante e as noites malditas da crápula, e o tédio que me inspiravam aqueles beiços frios das vendidas que me beijavam! Vem! contar-te-ei tudo isso, dir-te-ei como profanei minh'alma, e meu passado: e choraremos juntos e nossas lágrimas nos lavarão como a chuva lava as folhas do lodo!

– Obrigada, Artur! obrigada!

A mulher sufocava-se nas lágrimas, e o mancebo murmurava entre beijos palavras de amor.

– Escuta, Artur, eu vinha só dizer-te adeus! da borda do meu túmulo, e depois contente fecharia eu mesma a porta dele... Artur, eu vou morrer!

Ambos choravam.

– Agora vê – continuou ela. – Acompanha-me: vês aquele homem?

Arnold tomou a lanterna.

– Johann! morto! sangue de Deus! quem o matou?

– Geórgia. Era ele um infame. Foi ele quem deixou por morto um mancebo a quem esbofeteara numa casa de jogo. Geórgia, a prostituta! vingou nele Geórgia, a virgem. Esse homem foi quem a desonrou! desonrou-a... a ela que era sua irmã!!

– Horror! horror!

E o moço virou a cara e cobriu-a com as mãos.

A mulher ajoelhou-se a seus pés

– E agora adeus! adeus que morro! Não vês que fico lívida, que meus olhos se empanam e tremo... e desfaleço?

– Não! eu não partirei. Se eu vivesse amanhã haveria uma lembrança horrível em meu passado...

– E não tens medo? Olha! é a morte que vem! é a vida que crepúscula em minha fronte. Não vês esse arrepio entre minhas sobrancelhas?...

– E que me importa o sonho da morte? Meu porvir amanhã seria terrível; e à cabeça apodrecida do cadáver não ressoam lembranças; seus lábios gruda-os a morte; a campa é silenciosa. Morrerei!

A mulher recuava... recuava. O moço tomou-a nos braços, pregou os lábios nos dela... Ela deu um grito e caiu-lhe das mãos Era horrível de ver-se. O moço tomou o punhal, fechou os olhos, apertou-o no peito e caiu sobre ela. Dois gemidos sufocaram-se no estrondo do baque de um corpo...

A lâmpada apagou-se.

DIÁRIOS DE UM CLÁSSICO

POR DENTRO DE MACÁRIO E NOITE NA TAVERNA

MACÁRIO

A narrativa *Noite na taverna* e a obra *Macário* estão entre as mais importantes do Romantismo brasileiro. Enquanto a primeira se caracteriza pela conversa de alguns personagens libertinos em uma taverna, sendo cada capítulo a exposição dos amores trágicos ou da vida de vícios de cada um, *Macário* é uma obra de difícil enquadramento, mescla de teatro, narrativa, diário, com diálogos livres e uma forma de composição pouco usual, bem ao gosto subjetivista romântico. Também é marcadamente romântico o seu tema. Penseroso é um jovem que vai para a cidade grande estudar. Em uma de suas paradas, faz amizade com um estranho que não é nada mais nada menos do que Satã. A cidade que surge na narrativa parece ser São Paulo, e uma das tônicas da obra é a crítica ao ambiente vicioso das cidades grandes. Seus habitantes são mulheres luxuriosas, estudantes vagabundos, soldados que se entorpecem e padres dissolutos. E, nesse caso, é importante frisar, transparece um traço marcante do Romantismo: a inspiração autobiográfica. Pois esses dados são quase declaradamente os elementos da vida de Álvares de Azevedo e de sua relação com São Paulo.

A obra *Macário* está dividida em duas partes. A primeira é protagonizada pelo jovem Macário, estudante que chega a uma taverna e conhece um estranho, que se apresenta como Satã e o leva a uma cidade onde reina a dissolução e os vícios. Após uma série de alucinações, Macário desperta em um ambiente dos mais corriqueiros: uma pensão. Por mais que pareça que tudo não passou de um sonho, há rastros no chão, sugerindo que Satã de fato estivera ali. No segundo episódio, Macário e seus amigos estão na Itália, país cultuado por todos os românticos, de Goethe a Byron, pelo clima mediterrâneo e por ser o lugar da liberdade de espírito. Aparecem em ambientes confusos, geralmente bêbados e debatendo questões amorosas, até que por fim seu amigo Penseroso se mata por amor. Até que Macário é conduzido por Satã a uma orgia, dando por encerrada a encenação.

Não se tratando exatamente de uma peça de teatro, mas sim de um texto narrativo que se desenvolve em forma de diálogo, *Macário* é uma obra mais para ser lida do que encenada. Essa, ao contrário do que se pensa, é mais uma virtude do que um defeito, pois o dinamismo das cenas e das falas acaba resultando justamente dessa maneira dramática de os personagens se apresentarem ao leitor. Outro aspecto importante é que o começo e o fim da obra se unem, ao passo que todo o seu decorrer está imerso em ambiguidades, como se fosse um delírio ou ocorresse em um ambiente de sonho.

NOITE NA TAVERNA

Quanto a *Noite na taverna*, foi publicada postumamente, em 1855, em uma coletânea de textos do autor. Trata-se de uma narrativa na qual os personagens, reunidos em uma taverna, protagonizam cada qual um capítulo, contando suas histórias de devassidão, embriaguês, crimes e amores enlouquecidos, regadas a vinho. Os capítulos são intitulados conforme o nome dos personagens: "Uma noite do século", "Solfieri", "Bertram", "Gennaro", "Claudius Hermann", "Johann" e "Último beijo de amor". Todos são admiradores de Don Juan e contam suas respectivas aventuras, entremeadas com discussões filosóficas sobre a existência e o amor. Cada capítulo funciona como um quadro. Nesse sentido, não há uma definição de tempo precisa, e o espaço é sempre o espaço físico da taverna e o psicológico de cada personagem ao contar sua história.

O primeiro personagem a narrar sua história é **Solfieri**, um jovem boêmio cuja maior diversão é se embriagar e possuir mulheres. Ela se passa em Roma, a cidade romântica por natureza. Ali se encontra com uma estranha mulher, que lhe aparece e depois desaparece, deixando-o atônito. Um ano depois, Solfieri retorna a Roma e a reencontra em um caixão entreaberto de um templo. Deita-se com ela. Em seguida, cria um espaço na parede de seu quarto que será o túmulo de sua amada eterna e morta.

Terminado o relato de Solfieri, é o ruivo **Bertram** quem se levanta e começa o seu. Na Espanha, país quente e cheio de insinuações sensuais em razão do mito de Don Juan, o jovem conheceu, na cidade de Cádis, na Andaluzia, uma mulher bela. Chamava-se Ângela. Começam a ter um caso amoroso, mas a doença do pai de Bertram o obriga a ir à Dinamarca. Passam-se dois anos, quando Bertram retorna Ângela se casara e tivera um filho. Mas esse não é um impeditivo para que ambos retomem seu antigo caso amoroso e, mais que isso, que Ângela acabe assassinando o marido e o filho, para fugir com seu amado. A espanhola muda seus hábitos; passa a se vestir como homem e a ter gestos agressivos. Um dia, sem motivos, Ângela o abandona.

O destino do jovem passa a ser o de vagar embriagado e desorientado tentando esquecê-la. Em um desses seus excessos, acaba caindo e é atropelado por uma carruagem, em frente a um palácio. O velho nobre dono sai à rua e o salva, acolhendo-o no interior do palácio. E eis que Bertram acaba se apaixonando pela filha do senhor, e ambos fogem. Mas a relação dura pouco. Logo Bertram quer desfrutar novas aventuras e então vende a moça a um pirata em uma partida de cartas. A jovem consegue envenenar o pirata e depois se atira ao mar. Porém as aventuras de Bertram não param aqui. O jovem decide por fim se suicidar, mas é salvo por um marinheiro. Ao ser acolhido no seio de uma pequena embarcação, apaixona-se pela esposa do capitão. Passam a manter um caso, mas com a tempestade, o barco quase naufraga e sobram pouco tripulantes, que morrem um a um. É então que, depois do acidente, resta a lei dos mais fortes contra os mais fracos, mesmo no âmbito da completa desumanidade. Em outras palavras, passam a se valer de "uma prática do mar, uma lei do naufrágio – a antropofagia". Sobrando apenas o capitão, a esposa e Bertram, tiram a sorte para saber quem serviria de alimento aos demais. O capitão perde; tenta lutar contra o que fora determinado, mas Bertram consegue matá-lo. E é ele que sacia então a fome do devasso. Passam alguns dias sem comer nem beber, e a amante de Bertram sugere que morram juntos. Ele intenciona, mas por fim a sufoca.

O jovem **Gennaro** começa então a sua história. Aprendiz do pintor Godofredo Walsh, um "homem sublime", nas palavras do personagem, acaba se apaixonando por sua mulher, chamada Nauza. Walsh é mais velho, mas Nauza tem vinte anos, e a filha do pintor, de seu primeiro casamento, chamada Laura, quinze. A menina dedica grande paixão a Gennaro e acaba engravidando dele. Ao lhe propor casamento, ele recusa. Tem outras intenções: continua interessado em Nauza. Com o abandono, Laura começa a morrer aos poucos, até sucumbir de vez. Durante um ano, o velho pintor dorme no quarto da filha, como forma de martírio. Enquanto isso, Gennaro começa a ter uma relação com Nauza. Ao descobrir o caso de ambos e sabendo que a morte da filha foi em decorrência da sedução inconsequente de Gennaro, o velho pintor convida o discípulo a passear em um monte. Ao cair nas águas, o jovem é depois salvo por camponeses. Volta à casa dos antigos preceptores para se vingar. É quando encontra o pintor e sua esposa mortos, ambos envenenados.

O inglês **Claudius Hermann** tem uma paixão: corrida de cavalos. Antes de começarem as corridas, vê a duquesa Eleonora passando a cavalo diante de si. Passa a segui-la durante dias até que encontra uma solução. Suborna um de seus criados e consegue assim ter acesso a seus aposentos. Em seguida, coloca sedativo no copo d'água ao lado da cama da duquesa, e é dessa forma que consegue possuí-la. Mas o duque Maffio, marido de Eleonora, uma noite toma a água com entorpecente. Aproveitando o ensejo de seu desmaio, Claudius, que tinha o objetivo de matá-lo, deixa-o e sequestra Eleonora, levando-a para uma estalagem nos arredores da cidade. Ao lhe contar que a possuía em segredo, enquanto ela permanecia desacordada, força-a a casar-se com ele. A duquesa aceita. Mas um dia Claudius a encontra com o duque Maffio, ambos mortos, em sua cama cheia de sangue. O duque a havia matado e, depois, suicidara-se.

Em uma disputa de bilhar, em Paris, **Johann** perde para Artur, que maliciosamente havia desviado uma das bolas do adversário. Johann decide então convocá-lo para um duelo. Ambos disparam, mas Artur cai ferido. No chão, pede para Johann tomar dois bilhetes de seu bolso e levá-los a seus destinatários, a mãe e a amada de Artur. Johann abre o bilhete e vê que está assinado como "Tua G". A mulher oculta estava marcando um encontro com o jovem. E Johann decide então se fazer passar por Artur. Chega à casa da amada dele e a desvirgina. Ao sair, é surpreendido por um vulto, e ambos começam uma luta que termina com a vitória de Johann sobre o outro, que morre. Finda a batalha, percebe que o vulto com quem lutara era seu irmão, e a mulher que amara, sua irmã.

O último capítulo de *Noite na taverna* chama-se "Último beijo de amor". Depois de todas as narrativas e da embriaguês, todos dormem. E então chega uma mulher vestida de negro, uma espécie de "anjo perdido da loucura". Ela caminha entre os jovens que dormem, como se procurasse alguém. Por fim, Johann desperta e se levanta. Mas a mulher o mata. Prossegue e encontra Arnold. Acorda-o e ele a reconhece: ela é a G. É Geórgia. Do bilhete, a virgem que não pôde amar e que foi tomada por Johann. Arnold revela-se: ele é Artur. Não havia morrido no duelo, mas sobrevivera e trocara de nome, seguindo pela vida atrás de sua amada misteriosa, sem nunca encontrá-la, e por isso se entregando cada vez mais à devassidão. Geórgia lhe mostra o corpo morto de Johann e diz que o matou por ele ter retirado sua virgindade. Por conta disso, ela virara prostituta. E agora a Geórgia prostituta vinha, finalmente, e vingava a Geórgia virgem, recuperando assim o seu amado verdadeiro.

A INVOCAÇÃO DO MAL

Em termos de estrutura temática e narrativa, há um predomínio de alguns elementos em ambas as obras. Pode-se dizer que ambas seguem uma concepção que poderíamos chamar de *romantismo de evasão*, para definir um tipo de atitude romântica, como bem assinala Otto Maria Carpeaux, renomado crítico literário do Brasil.

Nessa vertente, os personagens se colocam não como antagonistas de uma realidade social exterior, como seria o caso da chamada Geração Condoreira, à qual pertenceu Castro Alves, mas a recusam sumariamente. Há sempre uma paisagem ideal que naufraga quando se torna concreta. Há sempre uma supervalorização do amor que não se realiza; uma mulher perfeita que não se alcança; um paraíso de embriaguez que é artificial; paisagens maravilhosas que são miragens. Em suma, há sempre um obstáculo que impede o personagem (sujeito) de fruir e de se apropriar do objeto de seu desejo, seja ele real, seja meramente imaginário.

Esse movimento, essa eterna tentativa de chegar a uma dimensão ideal da realidade leva sempre a uma frustração, a um fracasso daquele que idealiza. Essa ruptura gera a melancolia. Mais que isso: se o fim desse movimento da alma que idealiza tudo (o mundo, a mulher, a vida, os outros, a arte) é a destruição, já que a perfeição nunca é encontrada em parte alguma, entra aqui uma das características mais marcantes dessa vertente evasiva e melancólica do Romantismo: a força demoníaca.

Azevedo, nesse sentido, como o verdadeiro "Byron brasileiro" que é, está totalmente entranhado nessa proposta romântica. Como se sabe, Lord Byron, pseudônimo de George Gordon, foi um poeta inglês nascido em 1788 e um dos maiores expoentes da poesia romântica mundial. Tendo nascido pobre, herdou o nome de Byron e o castelo de Newstead. A sua vida é tão famosa quanto sua obra. Suas aventuras amorosas eram inumeráveis e das mais excêntricas; vivia em devassidão, com mulheres, bebidas, viagens, atitudes inconsequentes. Por ser coxo, ou seja, manco de uma perna, as más línguas lhe atribuíam uma qualidade satânica, pois vinha desde a Idade Média a representação do diabo coxo, ou com pé de bode. Esse ritmo de vida levou-o a morrer de tuberculose com apenas 36 anos, o que não era nenhuma novidade no círculo de poetas românticos, nos quais quase todos ou enlouqueciam ou morriam precocemente.

Como se vê, uma das tônicas dessa vertente romântica é a encarnação do mal. E isso é bem patente em ambas as obras de Azevedo. O princípio que as motiva é uma relação dualista entre o espírito e a matéria. Como o eu e a subjetividade são pura emanação do espírito, o poeta romântico concebe a realidade como uma realização sempre espiritual, nunca material. Por seu turno, todos nós vivemos constrangidos por limitações, problemas, decepções, impotências, falhas, erros, impossibilidades. A visão romântica evasiva vê nessas contingências do mundo algo que deve ser transposto, superado, sublimado pela força infinita do espírito que se manifesta no poeta. Quando esse obstáculo se mostra mais forte do que a capacidade de atuação do indivíduo, nasce daí a cisão e então é como se o espírito e o eu individual retornassem para as regiões sombrias da alma, assumissem formas de pura negação.

Essa oscilação pode ser vista em *Noite na taverna*, cujo corolário é justamente a duplicação de Geórgia em Virgem e Prostituta, a segunda se vingando da desvirginização da primeira. Ou seja: a morte que acarreta a perda da pureza. E, com a perda dessa, a entrega à vida decadente de prazer e luxúria desenfreada. Por seu turno, todos os personagens da obra cometem crimes e infrações, mas geralmente porque idealizam amores perfeitos, que não existem na realidade. E por isso, quando o espírito se move nos personagens gerando um idealismo exacerbado e a realidade não corresponde a esse movimento, o que resta ao eu (sujeito) senão destruir a realidade (objeto) que impede a liberdade absoluta de sua vontade? Esse parece ser o paradoxo do Romantismo de tipo evasivo, ao qual pertence Álvares de Azevedo e a Segunda Geração Romântica, de modo geral.

Essa imagem do Mal vem de longa tradição literária. Um dos pontos altos da representação do demônio ou de Satã na literatura se encontra em Dante Alighieri (1265-1321), na *Divina comédia*, e sobretudo em John Milton (1608-1674), no poema narrativo *Paraíso perdido*. Álvares de Azevedo não só conhecia Milton, como o nome de Penseroso, um dos personagens de *Macário*, é extraído diretamente das obras *L'Allegro* e *Il Penseroso*, na verdade duas partes de uma mesma obra. Trata-se de dois poemas idílicos nos quais o poeta inglês, baseando-se na tradição da poesia bucólica greco-latina, divide em duas visões as duas formas essenciais da alma, a luminosa e a escura. O Satã de Milton é quase um herói, um anjo caído que comanda como um grande general as hordas demoníacas contra Deus e contra as fundações do mundo. A descrição de potência e de esplendor dada ao Anjo do Mal é um momento decisivo na literatura, pois começa aí a haver uma mudança na concepção vigente de Satã e do mal como elementos estritamente negativos e externos. O próximo passo, decisivo, se dá justamente no Romantismo, com o *Fausto* de Goethe, no qual o demônio é Mefistófeles. Tal como o Satã de Álvares de Azevedo, ele não é uma potência estelar nem um colosso gigantesco que luta contra Deus. Pelo contrário, assume a proporção elíptica da figura de um ser humano comum.

Um dos cumes de assimilação das forças satânicas à dimensão humana se dá depois em Dostoiévski, em quase todas as suas obras. Seja sob a forma de demônios ativos e racionais – Stavroguin (*Os demônios*), Raskolnikov (*Crime e castigo*), geralmente identificados à figura dos revolucionários, ou de demônios simplesmente vis, infames e passivos – o protagonista de *Memórias de subsolo*, Smierdiakov, e Fiodor (*Os irmãos Karamazov*). Nessa chave, uma das melhores concretizações do espírito demoníaco se dá na magnífica visão do demônio protagonizada por Ivan, em *Os irmãos Karamazov*, na qual o próprio Ivan não consegue saber se aquele que vê e com quem dialoga de forma tão fina, usando até palavras francesas, é de fato Satanás ou uma projeção de sua própria consciência.

Nesse sentido, pode-se dizer que os autores, a partir de Dante, passando por Milton, Goethe e chegando a Dostoiévski, passam a entender o mal como uma dimensão da alma humana, aquela também capaz de promover transformações interiores. Não resta dúvida de que Álvares de Azevedo certamente conhecia essa tradição que fornece a visão mais ousada e moderna de Satã. O mal seria então aquela porção desconhecida de nós mesmos com a qual precisamos lidar, pois caso contrário ela nos possuirá, e aí entraremos em uma nova etapa do satanismo: não o trabalho do indivíduo com os seus demônios internos, mas a possessão dos demônios, que se apoderam da consciência individual e podem destruí-la. É o fim de todos os personagens, reais ou ficcionais, da literatura romântica, cujo desfecho sempre gira em torno do suicídio, da infração das leis, do homicídio ou da simples transgressão das normas sociais. O poeta brasileiro, talvez em virtude de sua pouca idade, não conseguiu domar a força destrutiva dos demônios e acabou se encantando com os possuídos, ou seja, para aqueles que enaltecem o mal e o vivem, mais como servos dele do que o incorporando como uma força livre e integrada às camadas mais profundas da consciência e da vida. Essa integração, sim, é que seria o motor de toda a criação e da própria liberdade individual.

NA INTIMIDADE DE ÁLVARES DE AZEVEDO

A vida de Álvares de Azevedo, embora muitíssimo breve, é assunto de muita controvérsia e estudo. Nascido no seio de uma família de prestígio, filho do então estudante de Direito e futuro jurista Inácio Manuel Álvares de Azevedo e de Maria Luiza Mota Azevedo, nasceu no centro de São Paulo, em 12 de setembro de 1831. Entretanto, já no que diz respeito ao próprio local de seu parto de nascimento, há controvérsias. Alguns dizem que ele teria nascido na biblioteca da casa do avô materno. Outros, que teria sido na biblioteca da própria faculdade de Direito do Largo São Francisco, que ele viria posteriormente a frequentar. Recentemente, pesquisas mostram que teria sido na casa do avô, Severo Mota. Por mais inusitadas que sejam essas sugestões, um fato é marcante: o poeta nasceu no meio dos livros. E foram eles que o acompanharam por todo o tempo, por toda a vida.

O fato é que no mesmo ano de 1831 ele se transfere para o Rio de Janeiro com a família e passa a cursar seus ensinos básicos sob orientação do professor Stoll, que sobre o poeta relata o seguinte: "Ele reúne, o que é muito raro, a maior inocência de costumes à mais vasta capacidade intelectual que já encontrei na América num menino da sua idade". E em outra oportunidade: "o melhor dos alunos, pela inteligência, pelo espírito, pela amável alegria e, principalmente, pela bondade". Álvares de Azevedo parecia destinado mesmo a uma carreira brilhante, e seus interesses já o destinavam naturalmente à literatura. Já nessa fase de seus estudos toma familiaridade com a língua inglesa, com o francês e com o latim. Mas em 1835, morre seu irmão mais novo, Inácio Manuel, em Niterói. O abalo desse contato com a morte, aliado a essa inclinação natural pelos estudos, possivelmente tenha começado nesse instante a germinar o caráter criativo do poeta. Em seguida matricula-se no Colégio Pedro II, um dos mais importantes do Brasil. Ali tem aulas com Gonçalves de Magalhães, o importante poeta e estudioso que introduzira o Romantismo no Brasil e que, com certeza, deve ter motivado em Azevedo os primeiros esboços e buscas dessa estética.

Retorna a São Paulo, onde seu pai desempenharia sua carreira, e nessa cidade ingressa no curso de Direito do Largo São Francisco. É na faculdade que conhece figuras depois que viriam a ser de destaque no meio literário, como José de Alencar. Foi amigo de José Bonifácio de Andrada e Silva (o Moço, como ficou conhecido, para se diferenciar do patriarca da independência, seu avô) e principalmente de Aureliano Lessa e Bernardo Guimarães, com os quais morou em uma república de estudantes na Chácara dos Ingleses. Suas leituras nesse período sempre giraram em torno de Heine, Byron, Musset, além de clássicos, como Dante, Shakespeare e Milton. Foi nessa época também que fundou a *Revista Mensal da Sociedade Ensaio Filosófico Paulistano*. Mas não era só de estudos que viviam esses alunos. Em geral, costumavam escandalizar a sociedade com seus hábitos excêntricos e com suas brincadeiras pouco saudáveis. Eram conhecidos como uma sociedade secreta, chamada Sociedade Epicureia, fundada em 1845 e inspirada na doutrina do filósofo grego Epicuro, que pregava o prazer acima de todas as coisas.

Em 1852, aos 22 anos, depois de complicações devidas a uma queda de cavalo e em razão de sua saúde frágil, Álvares de Azevedo faleceu no Rio de Janeiro, onde foi sepultado primeiro no cemitério Pedro II, na Praia Vermelha, sendo depois transferido para o Cemitério São João Batista, em 1854. Após tantos flertes com a morte e com as virgens puras e efêmeras, a grande Dama veio enfim buscá-lo.

A única obra que Álvares de Azevedo revisou em vida foi a *Lira dos vinte anos*, pois fora pensada para integrar a obra *Três liras*, com Aureliano Lessa e Bernardo Guimarães. Todas as suas demais obras foram recolhidas postumamente em *Poesias* (1853 e 1855). Constam de suas obras: poemas diversos, poemas narrativos não concluídos (*O poema do frade* e *O conde Lopo*), *Macário* (gênero misto, narrativo e dramático), o livro de contos *Noite na taverna*, a terceira parte do romance *O livro de Fra Gondicário* e uma série de estudos críticos sobre literatura, abordando a literatura portuguesa e autores estrangeiros, além de 69 cartas.

NAVEGANDO PELO ROMANTISMO

O BRASIL E O ROMANTISMO

O contexto social e político do surgimento do Romantismo no Brasil parece bastante esclarecedor de algumas de suas características. Trata-se do momento histórico em que o Brasil começa a se tornar independente de Portugal e a fortalecer suas instituições, bem como a valorizar mais sua cultura nativa. Ao longo dos séculos, os colonos foram se sedimentando em solo brasileiro e criando aqui suas riquezas e suas famílias; por mais que estivessem atrelados à Metrópole, chegam a um momento em que começam a se emancipar de maneira quase natural. A chegada ao Brasil de Dom João VI com a família real, além de ser um golpe de "fuga" de uma eventual invasão inglesa, contribuiu para o deslocamento do poder, do centro para a periferia. A abertura dos portos para outras nações (1808-1821) também foi decisiva para a diversificação do comércio e para a criação de um mercado não monopolizado.

Na mesma época, começou a ocorrer a instalação das primeiras grandes bibliotecas. A Biblioteca Nacional do Rio de Janeiro, por exemplo, começou sendo o acervo da família real portuguesa, ou seja, teve seu início na Biblioteca Real, que foi transferida para o Brasil. Também nessa época começa a haver uma atividade editorial mais efetiva e é fundada a Companhia Dramática Nacional, que organizará a vida dos espetáculos e da sociedade em torno da literatura dramática. Esse caldo cultural e político não deixaria de conduzir rapidamente à Independência, em 1822. Com a abdicação de Dom Pedro I em 1831, segue-se o período de Regência, que vai até 1840, com a maioridade de Dom Pedro II.

É sabido que o Romantismo brasileiro conta com três etapas, as chamadas três gerações. A primeira é conhecida como Nacionalista ou Indianista. É a fase de exaltação da natureza e da formação de uma literatura com elementos genuinamente brasileiros, incorporando a cultura indígena. Seus maiores protagonistas foram José de Alencar, Gonçalves de Magalhães, Gonçalves Dias e Araújo Porto-Alegre. A segunda é aquela à qual pertence Álvares de Azevedo, conhecida como Ultrarromântica ou Mal do Século. Está no cerne da concepção romântica evasiva, subjetivista e melancólica, e conta com nomes como Fagundes Varela, Casimiro de Abreu e Junqueira Freire. Já a terceira é a geração Condoreira, encabeçada pelo nome de Castro Alves.

ROMANTISMO NO MUNDO

Uma tônica presente no Romantismo é o gosto, seja pelo passado mítico dos deuses gregos (ou por qualquer passado mítico, haja vista a perspectiva indianista dos românticos brasileiros), seja pelo valor dado ao próprio cristianismo. Como se sabe, a valorização diferenciada da religião cristã é acentuada pelos românticos; em vez de pensarem o cristianismo como um fenômeno estritamente religioso, eles o incorporam à arte, entendendo o papel do poeta-artista como uma espécie de sacerdote do belo.

Ora ele é o vate ou o profeta, que ordena as coisas sagradas e funda o mundo por meio das palavras, ora é o mártir ou o santo, que expia as culpas do mundo e cuja arte funciona justamente como redenção desse sofrimento. Um dos principais precursores do Romantismo, por exemplo, François-René de Chateaubriand, escreve uma obra intitulada *O gênio do cristianismo*, para demonstrar a importância histórica da evolução dessa religião e como ela incorpora elementos essenciais à evolução espiritual do homem e, por conseguinte, aos artistas. Esse estado de coisas tende a mudar por meio de intervenção de naturalistas e realistas, que começam a firmar uma postura cada vez mais anticlerical e antirreligiosa.

Já em meados do século XVIII havia ideias, costumes e obras que sinalizavam algumas mudanças bastante profundas nesse sentido. Embora fosse o século do Racionalismo e do Iluminismo, neste mesmo século se configura uma predisposição cada vez mais crescente em criticar esse primado da razão e da ordem. Ao contrário dos contratos sociais e acordos civis que se dão no seio da civilização e que precisam cada vez mais de estratégias artificiais para se manterem, começa a haver a proposta de um contrato natural, uma espécie de predisposição inata ao homem de viver em harmonia com os outros e com a natureza. No campo da filosofia, Jean-Jacques Rousseau desenvolve essa teoria, bem como a teoria do *bom selvagem*, segundo a qual a civilização é que corrompe o homem, a princípio puro.

Seria preciso resgatarmos esse estado de pureza original que perdemos, retornar ao seio da natureza, para assim vivermos a vida plena que nos foi confiscada. Mas em outro sentido há as ideias empiristas, que advogam por uma análise científica dessa mesma natureza, passível de ser decomposta em partes e dissecada, o que constitui o primeiro passo para uma concepção do universo como uma engrenagem a serviço das vontades humanas.

Por outro lado, há uma série de propostas filosóficas que se desenvolvem em sentidos diversos e que contribuirão decisivamente para a formação da estética romântica. No centro delas está o nome do filósofo alemão Johann Fichte. Para ele, todo o universo era uma emanação, um conjunto de forças que só encontravam sua realização plena na autoconsciência pura do homem. É essa concepção de eu, de uma individualidade que traz em si virtualmente todas as coisas do mundo, desse eu cósmico, que vai ser o esteio de todos os filósofos posteriores: Hegel, Schelling, Schiller e os irmãos Schlegel. E também para alguns dos maiores poetas do Romantismo alemão, como Novalis, Hölderlin, Goethe, entre outros.

Podemos bem dizer que o cerne do Romantismo é uma teoria sobre o indivíduo. Essa teoria ganha corpo no momento em que o indivíduo se transforma no grande ator universal, para o qual e em virtude do qual nascem e morrem todas as coisas que existem. É para dar conta da expressão dessas camadas subterrâneas e desse eu profundo que nasce a arte romântica. Ela não é apenas uma teoria estética, mas uma maneira de ver a vida e o mundo.

Não mais a arte, como uma atividade externa, técnica, prática, mas a sondagem dos abismos interiores do eu. Não mais o artista,

entendido como artesão da palavra, mas o poeta, entendido como gênio, que desce às regiões profundas de seu coração e da existência e traz a sua mensagem ao mundo. O início desse processo se desenrola no século XVIII, mas só desabrocha em sua plenitude no início do século XIX. Junto com algumas experiências que podem ser descritas como românticas, como a voga do chamado *romance negro* (*roman noir*), também conhecido como *romance gótico*, as primeiras manifestações consideradas românticas aparecem na Inglaterra, pelas mãos de nomes como Robert Burns e do poeta visionário William Blake. Já no século XIX teremos o ápice do romantismo inglês, como Poe, Byron, Shelley, Keats, Wordsworth, Coleridge.

É essa semente romântica inglesa que vai frutificar com toda a força na Alemanha, no movimento chamado *Sturm und Drung* (Tempestade e Ímpeto), e depois se dispersar por toda a Europa e América, com autores como Nerval, Hugo, Chateaubriand, Staël (França), Leopardi e Manzoni (Itália) e chegar até a Rússia, com o grande poeta Puchkin. Depois da publicação do poema *Camões*, de Almeida Garrett, primeira obra romântica portuguesa, bem como de *Viagens na minha terra*, do mesmo autor, as ideias românticas começam a ganhar terreno no Brasil.

O marco de início do Romantismo brasileiro é a publicação de *Suspiros poéticos e saudades*, de Gonçalves de Magalhães, em 1836, autor que foi também um dos principais teorizadores do movimento. Além dele, destacam-se Castro Alves, Gonçalves Dias, Casimiro de Abreu e Álvares de Azevedo, entre outros. No romance, destacam-se *A moreninha*, de Joaquim Manoel de Macedo, e *Memórias de um sargento de milícias*, de Manuel Antônio de Almeida, de 1844 e 1853, respectivamente, ambos tidos como os precursores do romance romântico. Porém tal gênero narrativo encontrará seu ápice apenas mais tarde, justamente com José de Alencar. No caso específico do Brasil, a introdução da estética romântica e a aclimatação de tais ideias ganharam algumas conotações especiais. Estavam em geral ligadas às questões políticas e históricas brasileiras e surgiram como possibilidades diante dos impasses da cultura brasileira e sua relação conflituosa com a herança que recebemos da Europa.

ROMANTISMO E REALISMO

Em linhas gerais, podemos dizer que o deslocamento do prestígio da oligarquia açucareira nordestina para as classes urbanas do sul do país, consequência do declínio dessa economia, estimulou a vinda de novas ideias que começam a circular nessa região e contribuíram para a transformação do cenário intelectual brasileiro. Por isso, muitos dos intelectuais e das novas ideias surgem em São Paulo e no Rio de Janeiro. As novas teorias positivistas de Comte e o evolucionismo de Darwin passaram a fazer parte da realidade das pessoas e a fornecer métodos empíricos mais adequados à investigação da realidade, à análise do mundo físico, à mensura das quantidades, à explicação das causas e efeitos de todos os fenômenos, sejam eles sociais, espirituais, sejam meramente práticos.

A obra de Álvares de Azevedo é considerada um marco do Romantismo na literatura brasileira. Ela incorpora algumas das principais vertentes dessa estética que circulavam na Europa, acima de tudo a melancolia e o pessimismo. Um de seus modelos é Lord Byron. Nele o poeta se inspirou para talhar a sua obra nas águas do demonismo, da penumbra, do culto à morte e na idealização desenfreada. Outro é Musset. Este lhe deu a musicalidade do verso, a perspectiva agônica e sofredora do poeta, o olhar sempre incapaz de atingir a alvura da dama. Entretanto, por maior que fosse a coesão das ideias românticas vindas da Europa por meio de nomes como Hugo, Chateaubriand, Madame de Staël, Lamartine, Balzac, entre outros, e adaptadas pelos escritores românticos brasileiros à nossa realidade, não havia apenas um Romantismo. Havia visões múltiplas sobre um mesmo conjunto de ideias que tinha variantes – algumas vezes sutis, outras nem tanto –, mas que sempre produzia debates mais ou menos calorosos entre escritores, historiadores, teóricos e críticos.

Em um contexto mais amplo, para usar os conceitos do filósofo e psicólogo alemão Ludwig Klages (1872-1956), podemos pensar a história da arte sob o ponto de vista de dois símbolos: o sol e a lua. O primeiro, ligado ao aspecto racional e à matéria. O segundo, representando a dimensão intuitiva e emocional da criação. Assim, as manifestações artísticas, em seu sentido global, podem ser entendidas dentro dessas duas grandes correntes. Uma mais *materialista*, que deita suas raízes sobretudo em concepções científicas e naturalistas, as quais se apoiam no nível das relações sociais, de poder, em suma, no âmbito material e social. Seus proponentes baseiam-se em conceitos de extração positivista, evolucionista, materialista, marxista e, em linhas gerais, partem do princípio de que as formas materiais da sociedade e as estruturas básicas da vida é que devem ser expressas na arte, desde as relações mais cotidianas entre os homens até os grandes painéis das classes sociais e dos modos de vida. A outra vertente, de caráter mais *espiritualista*, tem sua culminância no Romantismo, sobretudo em românticos como Álvares de Azevedo, e se desdobra no Simbolismo e em algumas vertentes do século XX.

Essas duas correntes estão expressas na quantidade e na diversidade de propostas artísticas que eclodiram a partir do século XIX. A segunda metade do século XIX presenciou uma série de transformações nos costumes, nos valores e, por conseguinte, na própria arte. Egressos das propostas do Iluminismo, muitos escritores e artistas decidiram tomar duas atitudes radicais em relação a ele: romper com seus pressupostos ou aprofundá-los. Essa atitude, de aprofundamento ou de ruptura, determinou praticamente todas as tendências desse período. Podemos defini-las como duas grandes posturas diante da arte e da vida: uma que culminou no Realismo e no Naturalismo, ambos fortemente inspirados em bases racionais e científicas, outra no Romantismo, cuja proposta espiritualista se pretendia uma crítica dos valores racionais do século XVIII.

Em sentido geral, podemos dizer que o Naturalismo, o Realismo e o Parnasianismo, mais do que uma crítica dos valores românticos, representam um aprofundamento do racionalismo do século XVIII. Ao passo que o Impressionismo, o Simbolismo e outras vertentes posteriores, já do século XX, tais como o Surrealismo e o Expressionismo, parecem propor uma radicalização de algumas ideias de base romântica e espiritualista, de tal modo que dão seguimento a ela, mas transformam-na, a ponto de produzirem uma nova estética, bastante distinta. A partir da análise de autores e obras, é possível identificar esses dois movimentos. No caso, as primeiras manifestações, de base materialista, por serem mais objetivas e analíticas, propõem uma recusa dos valores românticos. Enquanto as outras, de tendências mais espiritualistas, aliam aos valores tais como subjetivação, universalismo, expressividade e mistura de vida e arte, bem marcados ao longo do Romantismo, algumas das premissas que lhe serão mais caras: a religião da arte, a criação, a busca de uma subjetividade absoluta, a expressividade, a dissolução dos gêneros, a diluição das fronteiras entre realidade e representação, a autonomia da vontade sobre o real. Mais que isso, e sobretudo no caso do Simbolismo, reivindica-se a expressão por meio de linguagem alusiva, sugestiva, em uma espécie de mística da linguagem.

Mesmo com certos matizes, grande parte dos artistas desse período, que toma a segunda metade do século XIX e segue até as primeiras décadas do século XX, enquadra-se, em maior ou menor grau, em uma dessas vertentes as quais definimos didaticamente *espiritualista* e *materialista*. Podemos dizer que, no século XIX, a arte em geral parte dessas duas concepções, dessas duas matrizes, dessas duas visões do mundo, que são quase antagônicas. As obras *Macário* e *Noite na taverna*, de Álvares de Azevedo, enraízam-se profundamente nesse ponto. Ambas podem ser descritas como uma longa e interminável *luta do espírito contra a matéria, na qual o primeiro sai perdedor*. É como se a própria inviabilidade da vida do espírito conduzisse à sua ruína necessária. Porém, para o romântico, essa ruína mesma é a sua obra, é a sua glória. Ela é mais significativa do que todos os castelos e palácios naturalistas e cientificistas que porventura realistas e naturalistas tenham erguido.

OS DOIS ROMANTISMOS

Pode-se pensar que até no interior de um mesmo movimento artístico encontramos esses princípios solares e lunares, definidos do ponto de vista filosófico por Klages. É o caso, por exemplo, das ideias de origem romântica, entre as quais podemos definir duas concepções distintas. A **primeira concepção**, que pode ser chamada de *vertente passiva*, parte do ideal para chegar ao real; a sua principal consequência é um deslocamento do indivíduo perante uma realidade opressora, que nunca coincide com o plano de sua idealização, e, por isso, gera o descompasso, o pessimismo e a melancolia. Seria a *vertente do indivíduo e da interioridade*. Essa predisposição é atestada acima de tudo no lado noturno e satânico do romantismo, no caso marcadamente presente em Álvares de Azevedo. Mas também é um dos pressupostos de muitos poetas simbolistas, a começar por Baudelaire, que serviu de inspiração primeira às propostas do Simbolismo.

Mais tarde, esse lado obscuro da existência será encarnado por um dos movimentos mais interessantes da arte europeia: o

Expressionismo, inaugurado com a exposição de 1905, encabeçada pelo artista alemão Ernst Ludwig Kirchner (1880-1938), entre outros. Como se sabe, o Expressionismo é uma estética que foi lançada na Alemanha apenas em 1905. Porém seus traços mais marcantes já podem ser observados em alguns escritores e artistas do final do século XIX, tais como o poeta Stefan George (1868-1933), que esteve ligado ao cenáculo simbolista, mas acabou servindo de base às manifestações expressionistas ulteriores em literatura, e o pintor Paul Gauguin (1848-1903).

A **segunda concepção**, que seria a segunda face das ideias românticas, é a *vertente heroica*. Relaciona-se à sua dimensão *ativa*, a qual ambiciona equivaler o plano ideal ao real, o simbólico ao material, o imaginário ao contingente. Nisso alguns dos românticos mais fervorosos, como Victor Hugo, são unânimes em suas crenças e opiniões. No Brasil, essa posição heroica está plenamente presente e perceptível em Castro Alves, por exemplo. Tal linhagem de extração romântica será retomada mais tarde por muitas propostas artísticas do século XX, sobretudo o Surrealismo.

PASSEANDO PELOS CAMINHOS DE ÁLVARES DE AZEVEDO

Álvares de Azevedo nasceu em São Paulo. Mais precisamente, na esquina da Rua da Feira com a Cruz Preta, que correspondem hoje em dia às ruas Senador Feijó e Quintino Bocaiuva. Embora tenha estado no Rio de Janeiro a estudo, a capital paulista foi a cidade mais decisiva na sua formação intelectual e o local onde concebeu sua obra, como estudante de Direito. A cidade estava longe de ser, nessa época, o que veio a se tornar apenas umas décadas depois. Nas primeiras décadas do século XIX, contava com cerca de 15 mil habitantes. Mas é justamente nessas primeiras décadas que começam a operar as mudanças que a transformariam em uma das cidades mais importantes do mundo.

Em 1827, foi criado o Convento de São Francisco, futura Faculdade de Direito do Largo São Francisco, onde o poeta viria a estudar. Com o fluxo de estudantes e professores que passaram a chegar, a capital até ficou conhecida pelo pomposo nome de Imperial Cidade e Burgo dos Estudantes de São Paulo de Piratininga. Nessa época, a expansão do café nas regiões do Vale do Paraíba, Campinas, Rio Claro, Ribeirão Preto e São Carlos levou à construção de ferrovias que ligavam São Paulo a outras cidades e todas entre si, como a que unia Santos a Jundiaí, e facilitava o transporte e desembarque a partir do porto de Santos. Esse movimento cafeicultor acelerou o crescimento da província, que logo se transformaria no Estado de São Paulo, e acarretou o grande crescimento da capital, alavancado ainda pela vinda de imigrantes e pelos princípios da industrialização.

A cidade grande e devassa que Álvares de Azevedo demoniza em *Macário* já era possivelmente essa cidade que os espectadores atentos visualizavam no progresso crescente dessas primeiras décadas do século XIX. Para o bem ou para o mal, esse é um traço presente nas evasões românticas do poeta cultor da morte e da pureza.

EXPRESSÕES ARTÍSTICAS DE MACÁRIO E NOITE NA TAVERNA

• *Macário* e *Noite na taverna* no Teatro

Macário. 2008. Centro Municipal de Cultura Goiânia Ouro. Produção e Realização Cia. Teatral Oops! Baseado na obra de Álvares de Azevedo, o espetáculo teve trilha sonora executada toda ao vivo. Foi uma montagem contemporânea, que usou elementos do *pop*, do *rock*, da dança contemporânea, do tango e do teatro físico.

OBRAS DE ÁLVARES DE AZEVEDO

Com exceção de *Lira dos vinte anos*, toda a obra de Álvares de Azevedo é póstuma. Foi assim sendo recolhida e organizada em edições sucessivas.

• 1853 – *Poesias de Manuel Antônio Álvares de Azevedo, Lira dos vinte anos* (única obra preparada para publicação pelo autor) e *Poesias diversas*.

• 1855 – *Obras de Manuel Antônio Álvares de Azevedo*, primeira publicação da sua prosa (*Noite na taverna*).

• 1862 – *Obras de Manuel Antônio Álvares de Azevedo*, 2ª e 3ª edições, primeira aparição do *Poema do frade* e 3ª parte da *Lira dos vinte anos*.

• 1866 – *O conde Lopo*, poema inédito.

BIBLIOGRAFIA

RAMOS, P.E.S. (Org.) *Poesias completas de Álvares de Azevedo*. Campinas: Ed. Unicamp, 2002.

BUENO, A. (Org.) *Obra completa de Álvares de Azevedo*. Rio de Janeiro: Nova Aguilar, 2000.

CAVALHEIRO, E. *Álvares de Azevedo*. São Paulo: Melhoramentos, 1943.

PIRES, H. (Org.) *Obras completas de Álvares de Azevedo*. Rio de Janeiro: Companhia Editora Nacional, 1942.

ALMEIDA, P. *A escola byroniana no Brasil*. São Paulo: Conselho Estadual de Cultura, 1962.

ANDRADE, M. de. "Amor e Medo". In: *Aspectos da literatura brasileira*. São Paulo: Martins, 1960.

CANDIDO, A. "Álvares de Azevedo, ou Ariel e Caliban". In: *Formação da literatura brasileira*. Belo Horizonte/ São Paulo: Itatiaia/ Edusp, 1975. v. 2.

————. "Cavalgada ambígua". In: *Na sala de aula*. São Paulo: Ática, 1985.

CARPEAUX, O. M. *História da literatura ocidental*. Rio de Janeiro: Alhambra, 1978. 8 Vols.

CARVALHEIRO, E. *Álvares de Azevedo*. São Paulo: Melhoramentos, s/d

MAGALHÃES JÚNIOR, R. *Poesia e vida de Álvares de Azevedo*. São Paulo: Editora da Américas, 1962.

VERÍSSIMO, J. "Álvares de Azevedo". In: *História da literatura brasileira*. Rio de Janeiro: José Olympio, 1969. 5. ed.

CONTEXTUALIZAÇÃO HISTÓRICA

APRESENTAÇÃO

A abordagem dialógica não prescinde das relações entre produção literária e contexto histórico. Quer, sim, ressaltar os jogos possíveis entre a dimensão estética e a dimensão temporal, entre a criação e a história, demonstrando a liberdade de associação entre uma obra e outra e entre um e outro autor de tempos diferentes, sem, contudo, retirar-lhes as suas raízes históricas.

A abordagem do contexto histórico dos manuais de literatura geralmente apenas ilustra o momento em que a obra surgiu, raramente consegue estabelecer uma relação profunda e efetiva entre esse contexto e as produções culturais e literárias que lhe são contemporâneas. Desse modo, os dialogismos podem ser um instrumento central para a superação das explicações mecânicas da relação entre a obra e seu contexto histórico. A obra não é apenas um reflexo de seu tempo, ou ela só poderia ser lida *neste* tempo e *para* este tempo. Se assim fosse, como explicar a pertinência dos grandes clássicos, que são lidos e reinterpretados de maneiras diferentes em cada século? Da mesma forma, é importante ressaltar os aspectos históricos da obra para compreendermos como o artista a criou.

De fato, para tal tarefa, é importante ver a literatura como parte de uma dinâmica cultural mais ampla. E, para isso, é fundamental relacionar diversas áreas das ciências humanas: história, história da arte, filosofia, literatura, entre outras. Trata-se de uma atividade complexa, pois exige de você, aluno, não apenas a decodificação de causa e efeito e as informações básicas sobre o texto em questão, mas também que você consiga articular esses ramos do conhecimento e dê conta de conjugar tudo o que apreendeu desse processo cultural multifacetado que se chama literatura.

O CONTEXTO DO ROMANTISMO

Como observam Antonio Candido e José Aderaldo Castello, o Romantismo teve sua origem na Alemanha e na Inglaterra, em fins do século XVIII, com diversos poetas e pensadores, que o teorizaram. Em linhas gerais, ele defende a inserção da subjetividade do artista na obra, maior liberdade em relação às formas clássicas, a idealização da realidade traduzida pela arte, uma poesia sincera e expressiva, em que a própria voz do poeta ecoe nos versos, e não a imitação de outros poetas e modelos.

Álvares de Azevedo, como um dos nomes mais importantes da geração do Romantismo conhecida como Mal do Século, em razão de seu teor subjetivista e melancólico, é um dos introdutores na poesia brasileira dessa atmosfera, que ele soube colher nos poetas europeus, mas que trabalhou de maneira particular e original. Alguns críticos chegam a defini-lo como o grande poeta da subjetividade no Brasil, aquele que inaugurou esse tipo de poesia mais reflexiva e centrada nas angústias do eu.

Observe os textos selecionados a seguir. Eles dizem respeito a algumas características do Romantismo, bem como a contextos culturais e sociais da época em que Álvares de Azevedo viveu, e, portanto, são espécies de panos de fundo de obras como *Macário* e *Noites na taverna*. Depois, vá ao encarte *SUPLEMENTO DE ATIVIDADES* e responda às questões referentes à *CONTEXTUALIZAÇÃO HISTÓRICA*.

FOLHETIM, BULEVAR, LITERATURA E IMPRENSA NO SÉCULO XIX

Durante um século e meio, a atividade literária cotidiana se movera em torno dos periódicos. Por volta de 1830, as belas-letras lograram um mercado nos diários. As alterações trazidas na imprensa pela Revolução de Julho se resumem na introdução do folhetim. Durante a Restauração, números avulsos de jornais não podiam ser vendidos; só quem fosse assinante poderia receber um exemplar. Quem não pudesse pagar a elevada quantia de 80 francos pela assinatura anual ficava na dependência dos cafés, onde, muitas vezes, grupos de várias pessoas rodeavam um exemplar.

[...]

A atividade dos cafés treinou os redatores no ritmo do serviço informativo antes mesmo que sua maquinaria estivesse desenvolvida. Quando, por volta do fim do Segundo Império, o telégrafo elétrico entrou em uso, o bulevar perdeu o seu monopólio. Doravante, os acidentes e os crimes podiam ser recebidos de todo o mundo.

Assim, a assimilação do literato à sociedade em que se encontrava se consumou no bulevar. Era no bulevar que ele tinha à disposição o primeiro incidente, chiste ou boato. No bulevar, desdobrava os ornamentos de suas relações com colegas e boas-vidas; e estava tão dependente de seus efeitos quanto as coquetes de sua arte de se transvestir. No bulevar, passava a suas horas ociosas, exibindo-as às pessoas como se tivesse aprendido de Marx que o valor de cada bem é definido pelo tempo de trabalho socialmente necessário para a sua produção. Dessa forma, o valor de sua própria força de trabalho adquire alguma coisa próxima ao fantástico em face do dilatado ócio que, aos olhos do público, é necessário ao seu aperfeiçoamento. O público não estava sozinho em tal avaliação. A alta remuneração do folhetim de então mostra que essa opinião se alicerçava nas relações sociais. De fato, existia uma conexão entre a redução da taxa de assinatura, o incremento dos anúncios e a crescente importância do folhetim.

BENJAMIN, Walter. Charles Baudelaire: um lírico no auge do capitalismo. *Obras escolhidas*. São Paulo: Brasiliense, 1989. v. 3. p. 23-25.

O BRASIL E O MUNDO EM TEMPOS DE ROMANTISMO

Segundo a interpretação de Karl Mannheim, o Romantismo expressa os sentimentos dos descontentes com as novas estruturas: a nobreza, que já caiu, e a pequena burguesia que ainda não subiu: de onde, as atitudes saudosistas ou reivindicatórias que pontuam todo o movimento.

O quadro, vivo e pleno de consequências espirituais na Inglaterra e na França, então limites do sistema, exibe defasagens maiores ou menores à medida que se passa do centro à periferia. As nações eslavas e balcânicas, a Áustria, a Itália central e meridional, a Espanha, Portugal e, com mais evidência, as colônias, ainda vivem em um regime dominado pela nobreza fundiária e pelo alto clero, não obstante os golpes cada vez mais violentos da burguesia ilustrada.

O Brasil, egresso do puro colonialismo, mantém as colunas do poder agrário: o latifúndio, o escravismo, a economia de exportação. E segue a rota da monarquia conservadora após um breve surto de erupções republicanas, amiudadas durante a Regência.

Carente do binômio urbano indústria-operário durante quase todo o século XIX, a sociedade brasileira contou, para a formação da sua inteligência, com os filhos de famílias abastadas do campo, que iam receber instrução jurídica (raramente, médica) em São Paulo, Recife e Rio (Macedo, Alencar, Álvares de Azevedo, Fagundes Varela, Bernardo Guimarães, Franklin Távora, Pedro Luís), ou com filhos de comerciantes luso-brasileiros e de profissionais liberais, que definiam, grosso modo, a alta classe média do país (Pereira da Silva, Gonçalves Dias, Joaquim Norberto, Casemiro de Abreu, Castro Alves, Sílvio Romero). Raros casos de extração humilde na fase romântica, como Teixeira de Sousa e Manuel Antônio de Almeida, o primeiro narrador de folhetim, o segundo, picaresco; ou do trovador popular Laurindo Rabelo.

Nesse esquema, do qual afasto qualquer traço de determinismo cego, ressalte-se o caráter seletivo da educação no Brasil-Império e, o que mais importa, a absorção pelos melhores talentos de padrões culturais europeus refletidos na Corte e nas capitais provincianas.

Assim, apesar das diferenças de situação material, pode-se dizer que se formaram em nossos homens de letras configurações mentais paralelas às respostas que a inteligência europeia dava a seus conflitos ideológicos.

BOSI, Alfredo. *História concisa da literatura brasileira*. 3. ed. São Paulo: Cultrix, 1987. O Romantismo, p. 99-100.

A POESIA SUBJETIVISTA DE ÁLVARES DE AZEVEDO

A *Lira dos vinte anos* e as *Poesias diversas*, que compunham o primeiro tomo das *Obras poéticas* de Álvares de Azevedo, eram uma novidade na poesia brasileira quase igual ao que havia sido os *Suspiros poéticos*, de Magalhães, em 1836, e os *Primeiros cantos*, de Gonçalves Dias, em 1846.

Manuel Antônio Álvares de Azevedo nascera em São Paulo em 1831. A infância passou-lhe no Rio de Janeiro. De menino revelou grande inteligência e curiosidade mental, estudando tanto e tão bem, que aos dezesseis anos completara com aproveitamento e brilho o curso do Colégio Pedro II e recebia a carta de bacharel em letras. Mais que assíduo leitor, era um devorador de livros, ainda na idade em que a tal apetite não pode corresponder igual capacidade de assimilação. Em São Paulo, para onde passou a estudar Direito, distinguia-se pelo talento com que acaso supria a aplicação e pelo seu precoce engenho poético.

[...]

Mostrava-se Álvares de Azevedo poeta pessoal e subjetivo, como não fora talvez nenhum dos nossos antes e raros o seriam depois. Impressões da natureza ou de arte não lograva nunca objetivá-las. Transfundiam-se-lhe naturalmente em íntimas sensações, por via de regras dolorosas. É, nesse período, o primeiro que quase unicamente canta de amor, que fica alheio à natureza que o cerca ou à nação a que pertence. Só lhe interessa a mulher, "o eterno feminino" de que foi talvez o primeiro a ter aqui sentimento à maneira goethiana, o que o absorve e alucina. Não é fácil distinguir o que é nele inspiração e sensibilidade poética e o que são instintos e impulsos sensuais de moço brasileiro, superexitado pela tísica que o minava. Eram raros nele os temas objetivos vulgares em Magalhães, Porto-Alegre e Gonçalves Dias e mesmo os temas retóricos ou adequados à amplificações poéticas, tão ao gosto destes, inclusive o último.

[...]

Aos homens doentes e desconsolados pela ideia da morte, máxime se são poetas, acontece recolherem-se em si mesmos e viverem de uma vida interior. Álvares de Azevedo, valetudinário precoce, foi levado a viver essa vida, apesar das alegrias da idade que lhe ressumam em mais de um poema faceto ou humorístico. Alegria e tristeza chocam-se na alma jovem, ardente e ambiciosa, produzindo a ironia por vezes amarga de alguns de seus poemas ("O poema do frade", "Um cadáver de poeta", "Ideias íntimas", "Boêmios", "*Spleen* e charutos") os gritos de desesperança desses e de outros e de prosas como *Noite na taverna*. Dessa ironia ele é o único exemplar na nossa poesia, como seria o instituidor nela dessa desesperação e descrença.

VERISSIMO, José. *História da literatura brasileira*. Brasília: Universidade de Brasília, 1963. p. 217-220.

O BRASIL E O MUNDO EM TEMPOS DE ROMANTISMO

No século XIX, o público consumidor da literatura romântica era eminentemente formado pela burguesia. As origens populares dessa classe não condiziam com o refinamento da arte clássica, cuja compreensão exige conhecimento das culturas grega e latina. A burguesia ansiava por uma literatura que enfocasse seu próprio tempo, seus problemas e sua forma de viver. O romance, por relatar acontecimentos da vida cotidiana e por dar vazão ao gosto burguês pela fantasia e pela aventura, tornou-se o mais importante meio de expressão artística dessa classe.

Sob certo ponto de vista, o romance substituiu a epopeia, um dos gêneros de maior prestígio da tradição clássica. Contudo alterou-lhe o foco de interesse, pois, enquanto a epopeia narra um fato passado – em geral um mito da cultura de um povo –, o romance narra o presente, os acontecimentos comuns da vida das pessoas, numa linguagem simples e direta.

[...]

Nas décadas que sucederam a Independência do Brasil, os romancistas empenharam-se no projeto de construção de uma cultura brasileira autônoma. Esse projeto exigia dos escritores o reconhecimento da identidade de nossa gente, nossa língua, nossas tradições e também das nossas diferenças nacionais e culturais. Nessa busca do nacional, o romance voltou-se para os espaços nacionais, identificados como a selva, o campo e a cidade, que deram origem, respectivamente, ao romance indianista e histórico (a vida primitiva), ao romance regional (a vida rural) e ao romance urbano (a vida citadina). José de Alencar, por exemplo, o maior romancista do nosso Romantismo, escreveu obras que enfocaram esses três aspectos, como *O guarani*, romance histórico-indianista, *O gaúcho*, romance regional, e *Senhora*, romance urbano.

CEREJA, William Roberto; MAGALHÃES, Thereza Cochar. *Literatura brasileira*: um diálogo com outras literaturas e outras linguagens. 3. ed. São Paulo: Atual, 2005. p. 238-239.

ENTREVISTA IMAGINÁRIA

ÁLVARES DE AZEVEDO

por Vicente Luís de Castro Pereira

Quando anoitece, a província de São Paulo, habitada por uns poucos milhares de almas, ganha contornos de cidade abandonada, mergulhando em uma calmaria sepulcral. Quem por aqui chega, neste início dos anos de 1850, depara com uma paisagem monótona e cinzenta. Tomei por hábito, nas últimas semanas, sair para caminhar à noite, pelas ruas íngremes do centro da cidade. Uma garoa muito fina costuma cair de tempos em tempos e, por vezes, uma névoa espessa encobre momentaneamente o brilho do luar. Nas noites claras, quando nem sequer os lampiões a gás precisam ser acesos, costumo perambular pelas imediações do Largo de São Francisco na alta madrugada, percorrendo as vielas desertas que ladeiam a faculdade de Direito. Nada se ouve no silêncio da meia-noite, com exceção dos rumores de algazarra que escapam pelas janelas abertas e iluminadas das repúblicas estudantis. Os rapazes boêmios e trocistas, que vivem nesses pequenos quartos alugados, são os responsáveis por salvar a cidade do tédio para o qual ela parece se inclinar. Em certa noite, encetei diálogo, sob os arcos da Igreja de São Francisco, com um jovem pálido, de voz suave e macia, que observava, a distância, uma discussão travada entre dois sujeitos embriagados, no outro lado da rua.

O que os terá levado a brigar de forma tão violenta? Acabarão por derrubar um ao outro e permanecerão estirados na calçada até de manhã. Veja só como estão cambaleantes, como as vozes parecem embargadas... E quem és tu, meu amigo?

ÁLVARES DE AZEVEDO – Chamam-me Maneco aqueles que privam de minha intimidade. Com todos os diabos, a estas horas já não é possível haver formalidades, sequer entre dois desconhecidos. Estando na rua tão tarde da noite, tornamo-nos membros da confraria da escuridão, juntamente com os bêbados que, ali na esquina, se esfalfam na prolongada contenda; unimo-nos ao séquito da prostituta que, há pouco, deu início à briga entre esses pobres miseráveis, que disputavam o corpo raquítico da meretriz como cães famintos lutam por uma ponta de osso ou como os malditos corvos grasnam, com brados esganiçados, por um último naco do cadáver.

Pareces um tanto nervoso ou alterado, meu rapaz. Caminhemos um pouco sob a lua para que possas recuperar o equilíbrio perdido. A contemplação do confronto entre aqueles infelizes parece ter sido a causa da tua perturbação. Afastemo-nos deles, então. Estás com um olhar um pouco melancólico também.

AA – Que outro olhar pode se esperar de alguém condenado a passar a juventude numa cidade como esta, onde a vida é um bocejar infinito? Nesta terra de caipiras e de formigas, a única solução possível é o recolhimento na clausura interior, como recusa de um mundo incapaz de compreender-me a fundo. É por isso que sobre mim exerce fascínio o universo terrível e sombrio da noite. Na falta de contornos da escuridão, em meio à perda de limites entre o amor e a loucura, no limiar entre a realidade e o delírio, sinto-me acolhido como o órfão que repousa entre os braços ainda quentes da mãe falecida.
Olhas para mim com uma expressão assustada. Decerto imaginas conversar com um depravado moral, vítima da devassidão e do desregramento que corrompem a pureza. Imaginas-me entre os frequentadores lascivos dos prostíbulos e das orgias, das missas negras celebradas em cemitérios abandonados, apreciador dos excessos pervertidos e das práticas cruéis de sadismo. É possível, pois não? A princípio, somente um jovem capaz de deixar-se consumir a alma por ensinamentos lúgubres e macabros poderia conceber, em sua imaginação, relatos perturbadores nos quais o incestuoso bebe ao lado do necrófilo e partilha o pão com o traidor canibal. Estás, porém, enganado, meu bom ouvinte... ou apreendeste de mim tão somente a face obscura; mas saiba que há outra, velada pelo tecido espesso desta capa negra.

Não te preocupes com minhas impressões; não passo de mero colecionador de histórias que me são confidenciadas sob a proteção das trevas. Prossiga e faça-me desvendar o que de fato preenche a tua alma.

AA – Bofé que és um ótimo companheiro para as andanças noturnas. Pois bem. Não interrompas minhas elucubrações. Não creio que Deus me acompanhe em um percurso sinistro como este, nem tampouco Satã – que deve ocupar-se dos verdadeiros iniciados nos saberes malignos. Com efeito, abandonados como estamos pelas entidades superiores, que parecem haver se desinteressado deste mundo, resta à literatura o papel de absorver a melancolia e explorar os aspectos grotescos da realidade, bem como a descrença e os impulsos instintivos que podem governar as atitudes humanas em situações extremas.

Acreditas, pelo que vejo, na ausência de uma missão moralizante e edificante por parte das artes. Percebo que desejas a explicitação dos recônditos menos agradáveis da interioridade humana. Estarei equivocado?

AA – Tens uma excelente percepção. É isto mesmo o que digo. Mas não me tomes apenas sob a perspectiva do boêmio transgressor. Eu não o sou completamente. Vês aquela janela iluminada, logo adiante? Pois é ali o meu quarto, o meu gabinete de trabalho, aceso até altas horas. Pensaste que perambulo diariamente pela cidade à procura de aventuras macabras, trilhando os caminhos da transgressão? Encontraste-me em uma noite de fuga, durante a qual saí para espairecer minha mente, que constantemente se vê atormentada por incessantes ideias que me deixam inquieto e impedem o repouso necessário. Não estou certo de já ter ouvido, de fato, os copos que se chocam em brindes nas tavernas ou as risadas das prostitutas ébrias ao final de uma noite de orgia. Penso em, uma noite dessas, acompanhar meu amigo Bernardo Guimarães – ele sim, dado a festas – a uma dessas longas reuniões noturnas e nelas permanecer até tarde, participando do entusiasmo da juventude acadêmica.

O que dizes? Há pouco me fazias acreditar na completa devassidão dos teus costumes. A quem desejas enganar com esta nova aparência virginal e cândida? Para quem almejas demonstrar tamanha pureza?

AA – Oh, por Deus, à minha mãe, que com extrema ansiedade espera pelas minhas cartas e aguarda notícias acerca da minha conduta exemplar. Confesso que não sou tão inexperiente quanto quis há pouco aparentar; no entanto, por quem sois, também não me tenhas por um louco devasso, capaz de atravessar noites seguidas nos leitos da perdição. Amante insaciável posso não ser, mas leitor voraz e compulsivo devorador das páginas dos grandes autores, isto eu sou. Em minha cabeceira revezam-se, não as jovens e sedutoras atendentes do lupanar, mas os olhos vigilantes e protetores dos meus mestres – Byron, Shakespeare, Dante e mesmo os sagrados ensinamentos da Bíblia. Saibas que estudo, leio e escrevo com extrema dedicação – não por desejar tornar-me a mais sábia das caveiras do cemitério ou o mais afamado erudito da Academia. Medito constantemente sobre as complexidades do ser, interpelando o conhecimento com a mesma volúpia e o mesmo frêmito com que o apaixonado percorre o corpo da amante. Sou assim desde criança. Na verdade, meus primeiros mestres, ainda no Rio de Janeiro, foram professores particulares que não colocaram grandes expectativas nas minhas capacidades. No entanto, ao ingressar no colégio Stoll, apresentei um desempenho exemplar e tornei-me famoso pela facilidade com que conseguia avançar nos estudos. A escola na qual estudava tornou-se referência para as famílias daquele tempo e eu me destacava como estudante exímio. Mais tarde, nos tempos do Colégio Pedro II, continuei demonstrando igual facilidade e interesse em relação às matérias que me eram lecionadas – Gonçalves de Magalhães, precursor do movimento romântico no Brasil, foi meu professor de filosofia naquela época saudosa.

Ao que parece, teu envolvimento com a literatura, nos dias atuais, é a continuação de uma trajetória que começou há muitos anos. És bastante jovem, mas tens vasto conhecimento, fruto de tantas noites passadas sobre os livros. Chegamos à porta de tua casa. É o momento de nos despedirmos. Embarcarei amanhã cedo para o Rio de Janeiro, onde resido. Tenho assuntos pendentes a tratar. Já está muito tarde, apesar de a conversa haver tomado um rumo tão agradável.

AA – Também preciso entrar, pois o sereno da madrugada pode não me fazer bem. Não estou tão acostumado assim às longas noitadas. É preciso cautela, pois sinto a morte sempre à espreita, de uma forma um tanto inexplicável. Parece que uma tempestade está, todo o tempo, se preparando para desabar sobre mim ou sobre as pessoas que me são caras. Trata-se de uma impressão apenas, como tantas que me rodeiam. Não há nada de muito concreto que legitime todo esse meu pessimismo. São divagações, vá tranquilo, não há com que se preocupar. Às vezes acometem-me visões, como a que tive há uns dois dias. Sonhei que vagava pelas alamedas de um cemitério, em uma tarde cinzenta, com o céu tempestuoso e ameaçador. Ao longe, divisei a imagem angelical de uma virgem que caminhava por entre os sepulcros. Qual não foi minha surpresa quando, ao aproximar-me da donzela casta e inocente, presencio uma súbita metamorfose em outra criatura, de natureza completamente diversa. Vejo, à minha frente, o sorriso lascivo e demoníaco de uma mulher fatal, que me incitava à perdição nas proximidades de um espesso roseiral. Minha mente foi tomada pela vermelhidão das pétalas que se espalhavam por entre os espinhos e visualizei rios de sangue banhando as sepulturas. Ao final, não pude conter um grito de horror – os longos fios de cabelo da jovem subitamente tornaram-se ruivos e ameaçavam desordenar meu juízo por toda a eternidade. Até agora não sei quem era aquela mulher que me deixou tão desorientado.

Estás delirando novamente, meu rapaz. Não sei se te encontras embriagado ou febril. Talvez estejas em ambos os estados. De todo modo, é melhor que te recolhas. Vai, tira esta capa que já começou a se encharcar de sereno, coloque roupas secas, beba um chá quente e vá dormir. Tua aparência não está nada boa. Procure cuidar destas olheiras, sejam elas fruto de incontáveis noites orgiásticas ou de incontáveis horas de estudo.

Despedimo-nos na calada da noite, às portas da casa do jovem Manuel Antônio Álvares de Azevedo. Trocamos um abraço caloroso e, por algum tempo, eu permaneci ali, a contemplar as janelas do gabinete onde repousavam seus sonhos de poeta, até o momento em que o barulho dos cascos do cavalo de um mercador trouxe-me de volta à realidade. Amanhecia em São Paulo e era o momento de abandonar os devaneios, para permitir que os fantasmas voltassem a repousar.

A ESCRAVA ISAURA
BERNARDO GUIMARÃES
CLÁSSICOS SARAIVA
Editora Saraiva
A MORENINHA
JOAQUIM MANUEL DE MACEDO
CLÁSSICOS SARAIVA
Editora Saraiva
AUTO DA BARCA DO INFERNO
GIL VICENTE
CLÁSSICOS SARAIVA
Editora Saraiva
MEMÓRIAS PÓSTUMAS DE BRÁS CUBAS
MACHADO DE ASSIS
CLÁSSICOS SARAIVA
O CORTIÇO
ALUÍSIO AZEVEDO
CLÁSSICOS SARAIVA
Editora Saraiva
O NOVIÇO
MARTINS PENA
CLÁSSICOS SARAIVA
Editora Saraiva

CLÁSSICOS
SARAIVA